Die Mur checkt's nicht

von
Christoph Fromm

PRIMERO
VERLAG

Bibliografische Information der Deutschen Bibliothek.
Die Deutsche Bibliothek verzeichnet diese Publikation in der
deutschen Nationalbibliografie; detaillierte bibliografische Daten
sind im Internet unter http://dnb.de abrufbar.

Originalausgabe
Copyright © 2024 by Primero Verlag GmbH,
Herzogstraße 89, 80796 München

www.primeroverlag.de

Lektorat und Korrektorat:
Yvonne Ramp, München
Anne Fessler, München

Umschlaggestaltung:
Carl Bartel, München
carl.bartel@me.com

Satz:
Agentur Marina Siegemund, Berlin

Druck und Bindung:
FINIDR s.r.o.
www.finidr.cz

Printed in Czech Republic
ISBN 9783981845488

Für Luis, Joschka und ihre Mur

1

Es fing schon mit meiner Geburt an. Meine Mur war noch feiern, als ich mich bemerkbar machte. Also ab ins nächste Taxi und auf dem Weg in die Klinik hatte sie bereits das Gefühl, mein Kopf würde unten rausschauen. War aber nicht so. Viel Zeit hab ich ihr aber nicht mehr gelassen.

Kaum lag sie im Kreißsaal, bin ich rausgeflutscht. Von Anfang an war ich ziemlich lang und ziemlich dünn. Weil ich häufig krank war, durfte ich meistens im großen Bett schlafen, zwischen meinem Dad und meiner Mur. Ich hatte beide um mich, das war schön warm. Mein Bruder Mike war deswegen ganz schön eifersüchtig. Immer wenn ich krank wurde, hat er die Tür zu seinem Zimmer so heftig zugeknallt, dass ein bisschen Putz von der Wand gefallen ist. Irgendwann konnte ich meine Krankheiten an den ganzen Rissen in der Wand ablesen. War n ziemliches Mosaik, wie mein Leben. Ich heiße übrigens Nick und bin siebzehn.

Viel mehr gibt's aus meiner Kindheit nicht zu berichten. Außer dass ich mir mal den Arm gebrochen hab, am Geburtstag meiner Mur. Ich bin von der Schaukel gefallen, aber weil mein Arm nicht so dick war, meinte die Mur, ich solle mich nicht so anstellen, das verginge schon wieder. Wahrscheinlich wollte sie lieber feiern als in die Notaufnahme. Am nächsten Tag war mein Arm dann doch krass geschwollen und der Arzt stellte fest: er ist gebrochen. Da hatte die Mur ein total schlechtes Gewissen und hat mich den ganzen Tag mit Kakao verwöhnt. Sogar einen Maulwurf-kuchen hab ich gekriegt, den ich sonst nur am Geburtstag bekomme.

Normalerweise fuhren wir im Urlaub immer nach Kroatien, aber in dem Jahr, über das ich er-zählen will, fuhren wir in den Ruhrpott. Da hätte mir schon alles klar sein müssen. Wer fährt schon in den Ruhrpott, wenn er nach Kroatien fahren kann?

Mein älterer Bruder Mike hatte gleich ge-schnallt, dass der Urlaub ne laue Nummer wird und sich in ein Fußball Trainingslager abgeseilt, aber ich musste mit. Mit den Kleinen kann man's ja machen. Obwohl ich mittlerweile über 1,90 bin, bin ich für alle immer noch »der Kleine«. Das nervt. Weil's dauernd pisste, gingen wir erstmal ins Ruhrmuseum, das ging ja noch, mit den gan-zen alten Zechen und so – krass wie die früher Kohle geschippt haben – aber dann wollte die Mur auch noch ins Mineralienmuseum, und wäh-rend sie total begeistert von Stein zu Stein ge-hechtet ist, haben mein Dad und ich uns zu Tode gelangweilt.

Zum Ausgleich durfte ich dann wenigstens noch ins Westfalenstadion, das war echt cool! Nur leider haben wir keine Karten mehr fürs Spiel gekriegt. Aber mir fiel schon auf, dass die Mur immer schweigsamer wurde und das lag nicht nur daran, dass sie mit Fußball generell nicht so viel anfangen kann wie mein Dad, mein Bruder und ich. Ich werd nie vergessen, wie wir mal bei Bayern waren und Lewandowski hämmerte das 2:1 rein und der Stadionsprecher verkündete: Bayern 2, Gegner... und natürlich johlten alle wie immer »nuuulll«! Nur die Mur hat den Gag nicht gecheckt und ganz empört zu allen gesagt: »Wieso, die anderen haben doch schon ein Tor!«

Mein Bruder und ich wären am liebsten im Stadionrasen versunken. Das Größte war, selbst als sie begriffen hatte, dass das ein Gag sein soll, hat sie allen, die's nicht hören wollten, noch dauernd gesagt, wie bescheuert sie die ganze Sache findet. Mike und ich haben uns ganz tief in unsere Fan-Schals verkrochen.

Jedenfalls, selbst wenn man berücksichtigt, dass Fußball für sie jetzt nicht gerade der zweite Lebensinhalt ist, war die Mur extrem schweigsam im Ruhrpott, so schweigsam, dass es selbst mir irgendwann aufgefallen ist und ich sie gefragt hab: »Mur, wieso bist du so still?«

Sie sagte wieder nichts, aber sie strich mir übers Haar, wobei sie sich immer ganz schön strecken muss, und sie sah mich so an, mit ihren braunen Augen, die immer ein bisschen traurig sind, selbst wenn sie lacht, aber diesmal waren sie besonders traurig. Da ahnte ich schon, dass irgendwas Größeres auf mich zukommt, aber dass es die volle Kata wird, wusste ich noch nicht.

Als wir wieder zu Hause waren, wurde die Stimmung noch schweigsamer und irgendwann saß mein Dad am Wohnzimmertisch und weinte, was ich noch nie vorher gesehen hatte und die Mur sagte zu meinem Bruder und mir: »Ich muss mit euch reden.«

Da war mir bereits alles so halbklar, während mein Bruder, der gerade sein Mathe-Abi restlos verhauen hatte, immer noch dachte, die Mur wär sauer wegen seinen zwei Punkten. Mein Bruder kann zwar alles besser als ich, Fußball sowieso, und Tischtennis und Billard auch, aber der Rechenkönig bin ich. Die Aufgaben, die er versaut hat, hätte selbst ich gekonnt, zumindest den Anfang. Jedenfalls erfuhren wir jetzt, dass die Mur jemand anderen kennengelernt hatte, und mit dem auch zusammenziehen wollte. Mir war gleich klar, das konnte nur der »Fischtyp« sein. Von dem hatte sie uns immer wieder mal vorgeschwärmt, so ne Mischung aus Naturtyp und Künstler, und auf sowas fährt die Mur voll ab. Mein Dad hatte das Pech, dass er nur Naturtyp war – das Künstlerische geht uns allen ab. Wir sind eben mehr die Sportlertypen, während die Mur dauernd in die Oper läuft und es sogar einmal geschafft hat, mich und meinen Bruder ins Theater zu schleppen. Dostojewski, glaub ich. Als sie hinterher wissen wollte, wie's uns gefallen hat, hab ich gesagt: »Ich fand's gut, aber nicht so gut, dass ich's noch mal machen muss.« Mein Bruder hat sich über den Spruch totgelacht, ich fand's sehr diplomatisch.

Jedenfalls hat die Mur uns an dem Abend gesagt, dass sie immer für uns da sein wird, auch wenn sie in Zukunft nicht mehr bei uns wohnt. Und wie wichtig es ist, über Gefühle zu reden, weil man sich sonst mit der Zeit auseinanderlebt. Das sei ihr und meinem Dad passiert. Mein Bruder und ich wussten gar nicht, was wir sagen sollten. Wir haben noch nie über Gefühle geredet, außer vielleicht, als uns mal das Ohr weh getan hat, oder der Knöchel vom Fußball. Ich weiß auch gar nicht, ob's immer so optimal ist, seine Gefühle rauszulassen. Aber davon später.

Die Mur wollte eigentlich noch bei uns bleiben, bis klar war, ob mein Bruder sein Abi bestanden hat, aber mein Dad wollte, dass sie auf der Stelle geht. Da hat sie uns nochmal ganz fest in die Arme genommen und dann war sie weg. Sie hat nichts als eine kleine blaue Reisetasche mitgenommen und ganz viele meiner Gedanken. Denn grade weil ich nichts gesagt hab, hab ich mir umso mehr gedacht. Mir stand das Wasser in den Augen, nachdem die Tür leise ins Schloss gefallen war und ich war meinem Bruder beinahe dankbar, als er mir so fest auf die Schulter gehauen hat wie er das immer macht und gesagt hat: »Lass dich nicht so hängen, wir müssen die Spülmaschine einräumen. Sonst macht's keiner mehr.«

So ist er, mein großer Bruder: Immer wenn's ganz eng wird, entwickelt er Superkräfte, und genau deswegen hat er dann doch noch sein Abi geschafft.

Der Haushalt und der ganze Organisationskram haben uns echt rausgerissen in den nächsten Monaten, selbst meinen Dad. Deswegen haben wir zunächst auch keine Putzhilfe geholt, sondern alles selber gemacht. Aber das Loch, das die Mur hinterlassen hat, konnte man nicht wegputzen.

Natürlich haben mein Bruder und ich sie dann mal besucht. Der Fischtyp hat uns eine extragroße Forelle serviert, die er in der Isar gefangen hatte. Er war tierisch stolz darauf, dass er so spät im Herbst noch so einen Riesenfisch an Land gezogen hatte, weil dann angeblich bereits alles leer gefischt ist. Ich hab null Ahnung vom Fischen, aber die Forelle war gut. Ansonsten haben wir erfahren, dass der Fischtyp so komische Serien fürs old-school-Fernsehen schreibt, die dann nie gedreht werden. Deswegen ist er oft niedergeschlagen und die Mur muss ihn trösten. Das kann sie echt gut, selbst wenn sie zunächst mal nicht checkt, was los ist, so wie damals mit meinem Arm. Sie hat richtig tolle Heilhände. Deswegen ist sie auch Krankenschwester und ihre Patienten lieben sie. Wenn mir oder meinem Bruder irgendwas weh tut, und das kommt beim Fußball oft vor, kriegt die Mur das immer wieder hin. Aber manche Sachen checkt sie trotzdem nicht, zum Beispiel, dass sie sich mit dem Fischtyp möglicherweise noch einen Zusatzpatienten eingehandelt hat. Der Typ ist eigentlich ganz nett, wenn er nicht grade an seine nie gedrehten Serien denkt. Wir haben ein paarmal zusammen Tipp-Kick gespielt und er hat sogar einmal gewonnen. Hätt ich ihm gar nicht zugetraut. Naja, mit seiner Angel muss er wohl auch ganz geschickt sein. Er hat mir angeboten, mich mal mitzunehmen, aber ich hab kein Schein, und die ganze Zeit nur rumstehen und zusehen, wie er nach fünf Stunden einen Fisch fängt, ist mir echt zu langweilig.

Außerdem muss ich mich um meinen Dad kümmern, der jetzt ziemlich einsam ist. Deswegen bring ich öfter meine Kumpels mit: Greg, Naldo und Tim. Das sind meine besten Bros, mit denen treff ich mich oft auf der »Katze« zum Kicken. Auf den Bolzplatz an der Katzinger Straße geh ich seit ich fünf Jahre alt bin. Am Anfang durfte ich nur mit meinem Bruder hingehen, weil man über zwei große Straßen muss und die Mur

Angst hatte, ich werde überfahren. Ich pass meistens schon auf, aber manchmal auch nicht. Die Mur sagt, ich bin genauso verträumt wie sie. Ihr kann's schon mal passieren, dass sie mit der U-Bahn eine Station zu weit fährt oder mit dem Fahrrad in die komplett falsche Richtung. Besonders jetzt, wo sie grade frisch verliebt ist.

Mir passieren manchmal auch so Sachen, auch wenn ich gar nicht verliebt bin. Trotzdem nehm ich mal den falschen Bus, obwohl ich an der Haltestelle schon tausendmal den richtigen genommen hab. Das passiert, wenn ich an was Wichtiges denke, zum Beispiel daran, ob mein Dad und die Mur, mein Bruder und ich zusammen Weihnachten feiern. Tun wir natürlich nicht, weil's meinem Dad viel zu weh tun würde, aber es ist schön, sich auszumalen, wie es wäre, wenn wir alle um einen Baum rumsitzen und die Geschenke auspacken würden, von denen ohnehin schon jeder weiß, dass er sie kriegt. Und wenn ich an sowas denke, nehm ich schon mal den falschen Bus.

Damit's nicht ganz so trist wird, haben wir in dem Jahr dann bei meinen Großeltern gefeiert. Ihre Tochter, die Schwester von meinem Dad, ist lesbisch, lebt in Schottland und ist echt lässig drauf. Wir mussten uns an Weihnachten alle Papphüte und Knollennasen aufsetzen und englische Lieder singen. Es war eigentlich mehr wie Fasching, aber in Schottland macht man das wohl so, und nach einer Flasche Malt Whisky war's echt nice.

Die Zeit zwischen Weihnachten und Neujahr war wie immer ziemlich ruhig. Mike und ich wollten eigentlich die Mur besuchen, aber sie war mit dem Fischtyp beim Skilanglaufen. Mir wär's ja zu langweilig, aber die Mur meinte, mehr verkrafte das Knie vom Fischtyp nicht mehr und sie würde sich beim Langlauf sowieso viel besser erholen als bei der Abfahrt. Ich weiß, dass ihr die Abfahrt viel mehr Spaß macht, und sie das nur sagt, damit der Fischtyp kein schlechtes Gewissen hat, aber so ist sie halt, meine Mur.

Eigentlich wollte ich jeden Tag mit Greg, Naldo und Tim Fifa zocken, aber die waren auch beim Skifahren, Naldo mit seinem sizilianischen Dad und Tim mit seiner Mom, weil heutzutage sind ja so gut wie alle getrennt. Nur meine Patentante hat sich nicht getrennt, ihr Mann hat schon vor Jahren den Löffel abgegeben. Mein Dad meint immer, sie hat ihn unter die Erde gebracht, und ob das dann so viel besser ist als Trennen weiß ich auch nicht.

Schließlich war's mir so langweilig, dass ich sogar mit Mike zum Billardspielen bin. Ich find meinen Bruder eigentlich ganz cool, aber ich mach halt nicht so gern was mit ihm, weil er in allem besser ist, was ja noch gehen würde, aber er macht mir dann dauernd Stress, wie ich besser werden muss, und das nervt. Zu allem Überfluss hat er auch noch seinen Kumpel Laurin mitangeschleppt und dessen Mutter. Laurins Mom ist so eine, die mit vierzig noch auf jung macht und es liebt, mit uns Jungs was zu unternehmen, was echt anstrengend ist. Weil sie so ultraverfroren ist, durfte Laurin, als er klein war, immer nur mit Wollmütze mit uns kicken, selbst wenn die Sonne vom Zenit knallte – er war jetzt ohnehin nicht der Profi, aber mit Wollmütze bei Sonne, da kam nicht mehr als ne tiefrote Birne raus.

Billardspielen kann er besser, da muss er auch keine Mütze tragen, und leider ist seine Mom ziemlich perfekt, deshalb kamen mein Bruder und ich echt in die Bredouille. Was Mike nie kapiert, ist, dass ich meine Ruhe brauche, wenn ne Situation knifflig ist und es gar nichts bringt, wenn er mich blöd anmacht. Wenn er aber wie ein Spast mit seinem Billardstock vor mir rumfuchtelt und schreit: »Alter, wenn du den nicht machst, ich bring mich um, ich schwör's!«, dann bin ich so gestresst, dass ich sogar die schwarze Kugel zuerst reinschieß, obwohl sie eigentlich gar nicht vor dem Loch lag, in das ich schießen wollte. Sowas passiert mir nur, wenn mein Bruder mich anschreit. Laurin und seine Mutter haben auf jeden Fall voll triumphiert.

Danach war ich so gefrustet, dass ich sogar mal was für die Schule gemacht habe, obwohl ich Ferien hatte. Iphigenie! Das Teil ist so langweilig, dass man sogar bei der Kurzzusammenfassung einschläft. Hart unnötig! Und sowas muss man heutzutage noch lesen und ne Hausarbeit drüber schreiben. Voll der Flopp! Orest murkst seine Mutter Klytaimnestra ab, weil sie gemeinsam mit ihrem neuen Lover Orests Vater Agamemnon um die Ecke gebracht hat. Alles wieder Drama über Drama, Mord und Totschlag. Ich würd nichtmal ne Millisekunde auf die Idee kommen, meine Mur zu killen, weil sie meinen Dad verlassen hat. Vielleicht war das in Steinzeiten so, aber was geht mich das heute an? Und dann kriegt man die Mörderei nichtmal richtig mit, weil Iphigenie nur rumlabert ohne Ende.

Zum Glück hat mich bald mein allerbester Bro Greg eingeladen, zum Stadt, Land, Fluss spielen. Mike ging natürlich mit, und mein zweitbester Bro Tim war auch da, weil er sich beim Skifahren den Knöchel gebrochen hatte. Das Beste war, es war gar nicht richtig beim Skifahren, sondern abends, nach dem Feiern. Er hatte seinen Geldbeutel verloren, glaubte er jedenfalls, und ist so ausgerastet, dass er mit dem Fuß voll gegen nen vereisten Schneehaufen getreten hat, und das hat sein Knöchel nicht verkraftet. Ich kenn niemand, der beim Skifahren war und sich auf die Art was gebrochen hat, aber Tim bringt dauernd solche Kamikazeaktionen, dafür ist er berühmt. Das Allerbeste war, im Krankenhaus hat er dann seinen Geldbeutel hinter dem Innenfutter seiner Jacke gefunden. Wenigstens konnten wir alle jetzt nen dummen Spruch auf seinen Gipsknö-chel schreiben.

Greg hatte auch noch ein Mädchen aus unserem Fußballverein eingeladen, Hannah. Sie ist wohl neu zugezogen, ein Jahr jünger als Greg und ich und war erst einmal im Training. Mein Bruder flüsterte mir zu, dass sie krank gut auf der linken Seite spielt und ziemlich geniale Flanken schlägt. Er ist der beste Mittelstürmer in unserem Verein und muss es wissen. Ich bin rechter Verteidiger, aber nicht sooo gut, weil ich ziemlich groß bin und manchmal im Zweikampf nicht wendig genug. Mike meint immer, ich müsste Stretching machen, aber allein der Gedanke nervt mich. Als Hannah hörte, dass ich hinten rechts spiele, lächelte sie, sah mich an mit so voll großen braunen Augen und sagte: »Dann werden wir wohl bald mal gegeneinander spielen.«

Wir haben natürlich ne Frauen- und Männermannschaft, aber im Training spielen wir öfter gemischt, und von ner Frau ausgetrickst zu werden ist immer noch ne Spur uncooler als von nem Mann, da können sie über Gleichberechtigung labern so viel sie wollen.

Sie hat's allerdings gar nicht böse gesagt, sondern eher auf die Tour, »dann lernen wir uns auch beim Fußball kennen«, und ihre Augen waren für mich gleich was Besonderes. Mike würde sagen, sie sind eben braun, aber für mich waren sie viel mehr, obwohl ich noch gar nicht sagen konnte, warum. Ich hatte auch gar nicht so viel Zeit, darüber nachzudenken, denn jetzt ging Stadt, Land, Fluss los. Es ist wie verhext, aber mein Bruder und ich schreiben fast immer das Gleiche auf: D, Land, ich: »Dominikanische Republik«, und er: »Ich pack's nicht, ich hab das auch!«

Das ist echt Kacke, weil so jeder nur die halbe Punktzahl kriegt.

»Maann, wieso hast du nicht Dänemark?«

Typische Mikefrage.

»Weil ich nunmal Dominikanische Republik hab.«

Ich werf einen Blick auf sein Blatt und da steht: Dom Rep. Er hat voll abgekürzt und das gilt nicht. Aber wie immer will er's nicht wahrhaben.

»Mann, Digga, wenn ich alles ausschreibe, dann schaff ich's nie.«

Die anderen sehen jetzt auch, dass er bei Lebensmittel »Dampfn« geschrieben hat.

»Ja, Mann, wie soll ich Dampfnudel denn sonst abkürzen?!«

Jetzt entbrennt erstmal ne heiße Diskussion, ob man überhaupt abkürzen darf. Ich bin Hannah echt dankbar, die Mike ganz ruhig und vernünftig klarmacht, warum Abkürzen voll der Abfuck ist: »Schau mal, dann schreib ich bei Stadt nur Par und kann später immer noch sagen, Paris oder Partenkirchen je nachdem, was die anderen sagen.«

Mike mosert zwar noch n bisschen rum von wegen, dass Dampfn nichts anderes als Dampfnudel bedeuten könne, aber Hannah schafft es mit so ner ruhigen, fröhlichen Art, dass Mike schließlich die Regeln akzeptiert. Ich wünschte, ich könnte auch mal so cool mit meinem Bruder reden, aber das geht nicht, weil er mein Bruder ist und es nicht haben kann, wenn ich ausnahmsweise mal was besser kann oder weiß als er.

Als wir klein waren, hat uns die Mur neulich erzählt, hab ich immer beim Memory gewonnen, und die Mur meinte, man konnte schon damals sehen, dass ich clever bin, und alles was Mike dazu sagte war: »Warum ist er dann heute so dumm?!«

So nen Spruch bringt er jetzt nicht, aber ich merk schon, dass es ihm nicht gefällt, dass ich bei L und auch bei R mehr Punkte mache als er. Hannah gewinnt, sie weiß einfach am allermeisten, aber das Beste ist, sie lächelt mich beim Abschied an und sagt: »Du warst auch ganz schön gut.«

Sie lächelte so von unten, und da fiel mir das erste Mal auf, wie klein sie eigentlich ist. Aber ihre Proportionen stimmen total und ihre Bewegungen haben so was Weiches, Fließendes und ich stellte mir vor, wie's wäre, wenn sie mit dem Ball um mich rumtanzt.

2

Auf dem Fahrrad wollte ich mir grade coole Musik für den Heimweg raussuchen, als ihre erste WhatsApp kam: »Ich freu mich schon drauf, mit dir Fußball zu spielen«.

Ich fand's klasse, dass sie nicht schrieb: gegen dich zu spielen, das gab mir so n beschwingtes Gefühl, die Pedale schienen ne Spur leichter zu werden, und ich fand auch nen echt coolen Surfersong, der gut zu meiner Stimmung passte, obwohl mir nicht auf Anhieb einfiel, was ich zurückschreiben sollte. Ich tu mich manchmal schwer mit sowas, ich finde, es wird so viel gelabert, dass es echt ne Challenge ist, noch Worte zu finden, die nicht hart unnötig sind, aber jetzt brauchte ich natürlich welche. Ich schwankte noch zwischen: Ich mich auch, mit einem Emoji und: Das wird sicher lustig mit zwei Tränenlach-Emojis, als sich die Cops ziemlich abrupt vor mein Vorderrad setzten.

Der Cop meinte, sie seien schon ne ganze Zeit hinter mir hergefahren und ich würde herbe Schlangenlinien produzieren, so als ob ich unter Drogen stünde. Ich konnte natürlich schlecht sagen, dass mich nur die WhatsApp von nem Mädchen ins Schwanken gebracht hatte, obwohl, die Copfrau hätte mich vielleicht verstanden. Sie war deutlich jünger als ihr Kollege, versuchte die ganze Zeit, streng zu gucken, aber ich glaube, sie hatte eher Mitleid. Das war ihrem Kollegen aber gar nicht so recht, seine Stimme wurde immer strenger und er fragte, ob ich was getrunken hätte. Als ich »nein!« sagte, wurde seine Stimme noch strenger und er wollte wissen, ob ich andere Drogen genommen hätte. Da Mädchen bei der Polizei nicht als Drogen zählen, musste ich wieder »nein« sagen, aber er wollte mir nicht glauben und holte so nen komischen Becher, in den ich reinpinkeln sollte. Sofort!

Ich kann ja nun überhaupt nicht, wenn ich aufgeregt bin, und da stand ich mitten auf der Straße mit meinem Becher und musste auch noch dauernd an Hannah denken, und wurde noch aufgeregter und konnte gar nicht mehr. Die Copfrau fragte jetzt ihren Kollegen leise, ob das denn unbedingt sein müsse, und er entgegnete laut und harsch: »Entweder er pinkelt hier, oder er muss mitkommen auf die Wache, und dort nen Drogentest machen!«

Ich überlegte fieberhaft, an was ich denken könnte, damit ich endlich pinkeln kann: Ich versuchte, an mein letztes FIFA Match zu denken, bei dem ich mit Messi genial durch die ganze Abwehr gedribbelt war, aber das entspannte mich nicht. Deshalb versuchte ich, an meinen Bruder

Mike zu denken, wie er bei L Lappland mit nur einem p geschrieben hatte, aber auch das half nicht. Deswegen dachte ich an die langweiligste Stunde in der Schule, Deutsch, und sogar an Iphigenie, aber trotzdem tauchte die ganze Zeit hauptsächlich Hannah in meinen Gedanken auf und da konnte ich überhaupt nicht mehr pinkeln.

Also musste ich tatsächlich wegen ein paar Schlangenlinien auf dem Fahrrad mit auf die Wache und sie haben nen Bluttest gemacht. Ich hatte an dem Abend nur n paar Bier, aber das waren 0,8 Promille und der Cop meinte jetzt, das sei grenzwertig und da ich noch keine 18 sei, müsse er einen Erziehungsberechtigten anrufen. Mein Dad war auf Geschäftsreise, deswegen kam die Mur. Sie war gleich voll im Panikmodus und wollte detailliert wissen, wie viel ich jeden Tag trinke. Als ob ich nen Trinkplan mache, wenn wir Bierpong spielen! Geht ja auch gar nicht, weil man vorher nie weiß, wie viele Runden man spielen muss. Ich komm natürlich meistens ins Endspiel, aber das musste ich ihr jetzt nicht unbedingt reindrücken.

Sie wollte auf jeden Fall, dass ich bei ihr und dem Fischtyp schlafe, aber ich musste noch packen, weil wir am nächsten Tag mit unserem Sportverein in die Skifreizeit fuhren. Das ist immer ne große Sache, vor allem, weil ich bei den Kleinen den Skilehrer machen darf, obwohl ich noch keine 18 bin, und das macht mir voll Spaß. Wie immer hatte ich noch gar nichts vorbereitet, ich konnte ja auch nicht ahnen, dass mich die Cops so lange aufhalten würden. Die Mur wurde jetzt ganz hektisch und bestand darauf, mir zu helfen. Es stellte sich raus, dass das ne ganz gute Idee war. Ich konnte nämlich meine Skiklamotten nicht finden, aber die Mur kannte alle möglichen Verstecke in unserer Wohnung und auf dem Speicher und so fanden wir bis auf meine Skimütze alles. Ich fand das nicht so schlimm, ich hab ja meinen Skihelm, aber die Mur wollte unbedingt, dass ich mir ihre Mütze für den Ski-urlaub leihe, damit ich mich nicht erkälte. Ich hab manchmal Mandelentzündung und früher hat die Mur mir dann immer selbstgemachtes Eis ge-geben. Ich erinnerte mich daran, wie schön das gewesen war und begann direkt mal ein biss-chen zu niesen – aber natürlich auch, weil es auf der Wache so kalt gewesen war. Die Mur war wieder gleich voll besorgt und hechtete zum Kühlschrank, um die Eisvorräte zu plündern und Schlagsahne zu schlagen. Ich holte noch ein paar Kekse aus einer Dose, die Mike in seinem Zim-mer versteckt hatte. Da er bei einem Kumpel übernachtete, konnte ich ihn nicht fragen, ob ich seine Kekse nehmen darf. Er bunkert sie immer, weil er meint, ich werde sonst zu dick und zu lahm, um in seiner Mannschaft zu spielen. Das ist totaler Müll, ich werd nie so gut sein wie er, selbst wenn ich in meinem ganzen Leben keinen einzigen Keks mehr esse und nur noch healthe, aber so ist er nunmal. Wenn er einmal seine Meinung hat, selbst wenn es die blödsinnigste der Welt ist, braucht es Trillionen von Facts, um ihn – vielleicht – umzustimmen.

Der Mur fiel jetzt noch ein, dass ich über die Ferien unbedingt schonmal fürs Abi lernen sollte, aber das fand ich jetzt überhaupt nicht, weil alle meine Kumpels und ich beschlossen hatten, erst nach den Ferien mit Lernen anzufangen, sonst sind es ja keine Ferien! Außerdem musste ich noch nie was für die Schule lernen, ich konnte schon im Kindergarten lesen und rechnen, sodass ich gleich im ersten Schuljahr ne Klasse überspringen konnte, was Mike immer noch ziemlich nervt. Auf jeden Fall bin ich meistens ohne Lernen durchgekommen, und hatte an Noten das, was man in der Physik den optimalen Wirkungsgrad nennt, also eine drei. Die Mur war aber noch nie gut in Mathe und Physik, deshalb verstand sie das mit dem optimalen Wirkungsgrad nicht und packte mir »sicherheitshalber«, wie sie es nannte, mein Mathe- und Englischbuch ein, und obendrauf noch diese kack Iphigenie.

Um die Dinge nicht unnötig eskalieren zu lassen, ließ ich sie machen, das Eis mit Schlagsahne war auf jeden Fall sehr gut und außerdem merkte ich jetzt, wie schön es war, dass die Mur mal wieder in unserer Wohnung war. Viel hatte sich ja nicht verändert, weil eingerichtet hatte sowieso immer alles sie, aber selbst der Küchenstuhl fühlte sich anders an, wenn sie da war. Es war jetzt auch schon ziemlich spät, Zwei oder so, deswegen rief sie den Fischtyp an und sagte, sie würde bei mir übernachten. Das fand ich echt cool. Ich kann natürlich auch jederzeit bei ihr und dem Fischtyp übernachten, aber ich bin lieber in meinem Zimmer. Ich hab immer noch das Poster mit Miro Klose an der Wand. Auch wenn ich Abwehrspieler bin, fand ich Klose immer total gut, zuverlässig und bodenständig. Kein Wunder, dass der auch angelt, da braucht man Geduld und Ausdauer, und vielleicht sind sich ja der Fischtyp und Klose ein bisschen ähnlich. Das wär gut für die Mur.

Die sah sich jetzt grade n bisschen unschlüssig um, und ich merkte, sie wollte nicht in ihrem ehemaligen Ehebett schlafen, sie murmelte was von der Couch, aber ich schlug ihr vor, einfach in meinem Bett zu pennen. Da ich fast zwei Meter groß bin und sie zweieinhalb Köpfe kleiner, passte sie da dreimal rein, aber es gab jetzt erstmal ne Riesendiskussion, weil sie unbedingt auf der Isomatte schlafen wollte und das konnte ich natürlich auf keinen Fall zulassen. Ich glaube, die beste Möglichkeit, sich mit der Mur zu streiten ist, wenn man ihr unbedingt was Gutes tun will.

Ich setzte mich ausnahmsweise durch und als wir dann endlich nebeneinander lagen, musste ich dran denken, wie ich früher immer die FC Bayern-Bettwäsche wollte und die Mur sich geweigert hat, und mittlerweile war ich eigentlich ganz froh, dass ich normale Bettwäsche hatte, weil Fußball auch noch im Bett ist echt zu viel. Ich stellte mir ganz kurz vor, was Hannah wohl zu FC Bayern-Bettwäsche sagen würde und auch wenn sie brutal gut Fußball spielt, dachte ich, sie wäre derselben Meinung wie ich. Wahnsinn, ich kenn sie noch kaum und schon glaub ich zu wissen, was sie denkt!

Die Mur beugte sich jetzt rüber, nahm mich in den Arm und küsste mich, wie früher, auf die Wange. Vor Leuten darf sie das seit fünf Jahren nicht mehr, und ich sagte ihr auch gleich, morgen beim Abschied in die Skiferien darf sie das auf keinen Fall machen. Da lachte sie, küsste mich nochmal und sagte: »Keine Angst, mein Großer!«

Dann drehte sie sich um und schlief. Ich konnt's nicht fassen! Ich brauch oft stundenlang, bis ich einschlafe, deswegen bin ich morgens immer müde und so erschöpft, dass ich denke, ich schaff's nicht in die Schule. Ich finde, die Schule sollte erst nach der großen Pause anfangen. Die ersten zwei Stunden ist man eh nur scheintot und kriegt safe nichts mit. Mike ist natürlich anderer Meinung, er ist morgens immer topfit. Mann, ich hab nen Bruder, der sogar besser schlafen kann als ich, das ist schon krass! Jetzt konnte ich jedenfalls gar nicht schlafen. Nicht, weil die Mur schnarchte – eigentlich schnarchte sie ja nicht, sie atmete nur etwas lauter – nein, ich musste die ganze Zeit an Hannah denken. Ich tastete nach meinem Handy und las nochmal ihre WhatsApp. Fuck, ich hatte noch gar nicht geantwortet, voll der Loser! Was schreib ich ihr? Heutzutage beginnen ja die meisten Lovestories mit dem Schreiben, ist ja auch logisch. Ich könnt ja sowas machen wie: Sorry, wollte längst antworten, aber die Cops haben mich aufgehalten. Aber dann macht sie sich vielleicht tierisch Sorgen. Andererseits ist es ja aufregend. Wenn ich ihr so nen kleinen Teaser rüberlasse, will sie morgen im Bus vielleicht neben mir sitzen und den Rest von der Story hören. Ich muss schon schauen, dass ich neben ihr sitze, aber ich darf's nicht zu direkt machen, sonst merken die anderen gleich, dass ich sie spannend finde und ich werd den ganzen Trip über verarscht. Also schreib ich noch: Jetzt bin ich wieder auf freiem Fuß, morgen mehr. Dahinter ein schüchternes Emoji und senden. Keine Antwort. Wahrscheinlich schläft sie, wie alle vernünftigen Menschen. Ich muss jetzt an irgendwas anderes denken als an Hannah, sonst schlafe ich keine Sekunde und bin morgen endfertig. Im Bus kann ich auch nicht schlafen, weil da will ich mit Hannah reden. Kleiner Blick aufs Poster: Lieber

Miro, du bist immer so cool, so ruhig, hilf mir, dass ich einschlafen kann. Miro bringt's immer. Ich konnte tatsächlich pennen, bis die Mur mich aus dem Tiefschlaf riss. Gut, dass sie den Wecker gestellt hatte, ich hätte voll verpennt.

3

Wir hasteten zur U-Bahn, wobei die Mur wie immer darauf bestand, eine meiner Taschen und die Skier zu schleppen. Man könnte denken, sie macht sowas, weil sie n schlechtes Gewissen hat, wegen der Trennung undso, aber das stimmt nicht. Die Mur war schon immer endlos hilfsbereit, sodass man ihr gar nicht richtig böse sein kann, wenn sie mal wieder null checkt, dass ihr Handy spackt, oder wie sie die WhatsApp-Krankenhausgruppe ihrer Kolleginnen verlassen kann.

Am Bus warteten schon ganz schön viele. Mike, der natürlich wie immer lang vor uns aufgestanden war, stand wie ein ausgeschlafener, durchtrainierter Turm im perfekt sitzenden Trainingsanzug zwischen ungefähr dreißig Kindern, deren besorgte Eltern ihn mit letzten wohlmeinenden Ratschlägen überhäuften. Er wirkte, als habe er das gesamte Skilager bereits bis ins letzte Detail durchgeplant und das war auch gut so, denn deshalb ließen mich die Helikoptermütter und Besserwisserdads erstmal in Ruhe.

So Sprüche wie, »mein Sohn war letztes Jahr in Kurs drei, aber ich bin sicher, er kann dieses

Jahr leicht bei den Fortgeschrittenen mitfahren«, kann ich so früh morgens überhaupt nicht ab. Außer meinem Bruder waren noch fünf andere Jungs und Mädels über 18 dabei, ich durfte, obwohl erst 17, bereits das dritte Mal mitfahren, weil ich angeblich so gut mit Kindern kann und natürlich lautete Mikes Kommentar dazu: »weil er selbst noch ein Kleinkind ist.« Mir macht das aber so viel Spaß mit den Kleinen, dass sich Mike seine Kommentare hinstecken kann, wo's am dunkelsten ist. Warum Hannah dabei sein durfte, weiß ich nicht, vielleicht, weil sie genauso gut Skifahren kann wie Fußballspielen. Sie stand jedenfalls mitten unter ihren neuen Vereinskolleginnen, die alle mindestens zwei Jahre älter waren als sie, ihr aber trotzdem interessiert zuhörten. Hannah winkte mir zu, und obwohl ich nur kurz zurückwinkte, checkte die Mur gleich, dass da was Besonderes war.

»Nettes Mädchen.«

»Nett sind alle.«

Mich nervt es immer, wenn die Mur sowas sagt. Ich weiß schon selber, wer richtig für mich ist. So komm ich mir vor, als würde ich direkt vor nem Stoppschild stehen und die Mur würde »Stopp!« schreien. Das hat sie früher beim Fahrradfahren übrigens immer gemacht. Sie findet, dass ich schusslig bin und das von ihr geerbt habe, aber ich finde das überhaupt nicht. Die Mur ist diejenige, die bei Nacht mit dem Fahrrad eine

Schranke übersehen hat und sich nach einem missglückten Salto das Schlüsselbein gebrochen hat, übrigens, wie sie immer betont, ohne Alkohol. Sowas ist mir bisher nichtmal passiert, wenn ich als Bierpong-König nach Hause geradelt bin.

Jetzt wollte sie mich nochmal umarmen, als würde ich in den Krieg ziehen, aber dann sah sie meinen Blick mit dem großen Stoppzeichen und fasste mich nur kurz am Arm.

»Übertreib's nicht«, sagte sie.

»Doch, immer«, sagte ich und sie lächelte. Ich mag das Lächeln meiner Mur. Es ist total fröhlich, aber ihre Augen sind auch jetzt ein wenig traurig.

Ich ging erstmal zu Naldo, damit's nicht gleich so aussah, als würde ich auf Hannah losstürzen. Naldo geht zwar in meine Klasse, aber da er schon mal ne Extrarunde gedreht hat, ist er auch schon volljährig. Wir hatten kaum abgeklatscht, als sich Hannah dazwischen knallte und mich fragte, was gestern los war. Meine WhatsApp hatte offensichtlich ihre Neugier geweckt.

Ich fang an zu erzählen, wir verstauen das Gepäck, steigen ein und ich merke, dass ich schon so viel erzählt hab, dass mir langsam die Geschichte ausgeht, aber Hannah besteht trotzdem darauf, dass ich neben ihr sitze und verscheucht Naldo. Sie sieht mich erwartungsvoll an, aber ich

hab die Geschichte schon bis zu dem Punkt erzählt, wo sie die Blutprobe genommen haben und
den Schluss mit der Mur lass ich erstmal weg.
Klingt irgendwie cooler, dass ich da alleine rausmarschiert bin, so cowboy-sonnenaufgangsmä
ßig. Vielleicht klingt's auch zu cool, denn Hannah
fragt jetzt: »War das da eben deine Mutter?«

»Ja. Wer hat dich gebracht?«

»Mein Dad. Aber eigentlich ist er nicht mein
richtiger Dad.«

Sie erzählt mir, dass ihr jetziger Dad der zweite
Mann ihrer Mom ist, und dass ihre Mom insgesamt fünf Kinder mit vier Männern hat. Also eine
mega Patchworkfamilie. Ich begreife, dass Hannah sich zwischen all diesen Kids und Männern
immer ihren Platz erkämpfen musste, wahrscheinlich ist sie deswegen so eine megagute
Dribblerin geworden.

Mit ihren zwei Stiefbrüdern, den Söhnen von
ihrem Haupt-Dad, kommt sie exzellent aus und
deswegen ist sie häufig bei dem Teil der Family,
obwohl ihre Mom jetzt bereits wieder den übernächsten Dad hat, der aber eher so ihr Neben-
Dad ist, bei denen ist sie deshalb nur alle paar
Wochen mal. Ihren eigentlichen Dad, der inzwischen irgendwas in Finnland erforscht, sieht sie
nur dreimal im Jahr. Ihre Familiengeschichte ist
so megakompliziert, dass sie fast die ganze Busfahrt braucht, um mir alles zu erklären.

Als wir ankamen, luden wir Gepäck und Skier erstmal um in eine Gondel, denn der Bauernhof, wo unsere Freizeit stattfand, lag auf der Mittelstation. Das ist echt nice, weil wir da oben so gut wie immer Schnee haben. Es war auch bereits alles vorbereitet, mit Lebensmitteln undso, wir mussten nur noch kochen. Selbst genügend Bier war schon da!

Dieses Jahr war aber alles anders. Es war so warm, dass es überhaupt keinen Schnee gab, also konnte man auch keinen Skikurs geben. Wir Skilehrer haben uns deshalb erstmal zusammengesetzt und gebrainstormed, wie wir die Kids bei Laune halten können. Die waren natürlich schon ultraquengelig, weil sie nichtmal n Schneemann bauen konnten. Ich dachte nach, bis mir das Hirn schmerzte: Was kann man machen? Kein Schnee, Fußballverein, Skifahren, und plötzlich hatte ich die Erleuchtung: Fußballslalom! »Wir stecken Slalomstangen, und die Kinder müssen durchdribbeln!«

Natürlich gibt's immer, wenn man ne coole Idee hat, gleich wieder die Megabedenkenträger, und natürlich war Mike der lauteste, wahrscheinlich, weil die Idee von seinem kleinen Bruder kam: »Die Kids werden ultradreckig in dem Modder, wer soll die ganzen Klamotten waschen?!«

Glücklicherweise war Hannah gleich auf meiner Seite.

»Egal, da machen wir auch ein Spiel draus.«

Wir ließen Mike und alle anderen Oberskeptiker mit ihren Gruppen im Haus Lumpenhockey spielen und gingen mit unseren Kids nach draußen. Das Gute war, dass Hannah und ich so automatisch in einem Team waren. Wir steckten die Slalomstangen in die zugegebenermaßen ziemlich sumpfige Wiese und Hannah dribbelte das erste Mal mit dem Ball durch. Nicht nur die Kinder, auch ich bekam große Augen, wie sie, den Ball eng am Fuß, durch die Stangen flitzte, obwohl die Wiese ziemlich holprig war. Als ich es versuchte, begriff ich erst richtig, wie gut Hannah war. Was mir aber am meisten taugte, war, dass sie sich null lustig über mich machte, als mir der Ball vom Fuß sprang, im Gegenteil: Sie erklärte mir und den Kids, wie man den Ball enger und besser führen konnte.

Als wir fertig waren, sahen wir natürlich echt nilpferdmäßig aus. Aber Hannah schaffte es tatsächlich, dass die Kleinen begeistert ihre Klamotten auszogen und in die Waschmaschine stopften. Naja, bei einigen musste ich etwas nachhelfen. Ich köderte sie damit, dass nur diejenigen das abendliche Theaterstück sehen durften, die ihre Klamotten wuschen. Natürlich gab's wie immer die ein, zwei Loser, die trotzdem heulten und nach Hause wollten, aber deren Klamotten hab halt ich in die Maschine gestopft und aufgehängt.

Dann mussten wir erstmal kochen und da ist es immer gut, dass mein Bruder Mike dabei ist.

Er ist der Megakoch und hat alles im Griff. Deshalb arbeite ich ihm auch gerne zu, vor allem, wenn es Semmelknödel gibt. Die kann er besonders gut und wir standen alle voll drauf. Nach dem Essen waren wir so hundemüde, dass wir eigentlich sofort hätten einschlafen können, aber das ging natürlich nicht, weil wir noch Abendprogramm für die Kinder machen mussten.

Wir führten kein richtiges Theaterstück auf, aber immerhin so ein Rollenspiel aus Twilight, wo einer Bella spielte und einer Edward. Ich bin ja eigentlich so gar nicht der Schauspieler, aber Hannah überredete mich, den Edward zu machen. Wir spielten eine Szene, wo Edward, der Vampir, Bella so sehr liebt, dass er sie nicht beißt und auch nicht küsst. Dafür kriegten wir viel Beifall von unseren Kleinen, weil sie Küssen eklig finden.

Das kann ich von mir nicht behaupten, aber sowas läuft zwischen Hannah und mir erstmal nicht. Wir müssen gar nicht drüber reden, es ist klar, als wir nach unserer Vampirnummer draußen vor dem Hof auf einer Bank sitzen, die etwas abseits am Waldrand steht und die wir schnell zu unserer machen. Wir linsen zum Mond hoch, der zwischen ein paar Wolken hindurchwandert, als hätte er alle Zeit der Welt, und da wissen wir beide, dass auch wir uns Zeit lassen wollen. Was bringt es, wild rumzuknutschen, wenn man sich zwei Tage später nichts mehr zu sagen hat? Kann man machen, okay, aber nicht mit Hannah. Die hat zu viele interessante Schichten, in die man nie vordringt, wenn man sie gleich mit oberflächlichem Geknutsche erschlägt. Es gibt niemand, mit dem ich so gechillt dasitzen kann. Ich glaube, wir sitzen über ne halbe Stunde da und gucken dem Mond zu, der nicht viel macht außer ab und zu mal hinter ne Wolke zu wandern. Dann nimmt Hannah meine Hand. Und in dem Augenblick ist das besser als alles Geknutsche dieser Welt.

4

Vielleicht hat dem Mond gefallen, dass wir ihm so lange zugeguckt haben, und er hat den Wolken befohlen, ein paar Schneeflocken fallen zu lassen, auf jeden Fall schneite es kräftig in der Nacht und so konnten Hannah und ich am nächsten Morgen zumindest ganz oben auf dem Berg mit dem Skikurs anfangen. Im Skifahren bin ich besser als beim Fußball, ich würde sagen, da bin ich mindestens so gut wie Mike. Das liegt vor allem an meiner Mur. Während mein Dad, als ich mit fünf heulend am Hang stand, mit einem »das lernt der nie!« abgezischt ist, hat die Mur sich mit Engelsgeduld um mich bemüht. Sie erklärte mir die Gewichtsverlagerung mit Berg- und Talski. Mein Bergski hieß Asterix, mein Talski Obelix.

Da unsere Kids keine Ahnung hatten, wer Asterix und Obelix sind, nannten wir Berg- und Talski Edward und Bella. Die Kinder wollten dann aber lieber, dass wir die Skier Nick und Hannah nennen, und das war auch okay. Hauptsache, sie lernten erstmal Pflugbogen und Grundschwung.

Nach dem langen Skitag waren die Kleinen so

müde, dass es ausnahmsweise mal easy war, sie ins Bett zu bringen. Einem Jungen mussten wir nochmal verklickern, dass Edward garantiert ein guter Vampir ist und Bella nichts tut, aber dann war auch er schnell eingeschlafen. Wir Skilehrer haben dann noch das legendäre Champions-league Viertelfinale gestreamt, Bayern 8, Barca nuulll (eigentlich 2), was für geile Tore!

Es gibt niemand, mit dem man so toll Fußball gucken kann wie mit Hannah. Während Mike immer total ausrastet und teilweise wie Rumpelstilzchen vor dem Fernseher rumturnt, bleibt Hannah total gechillt. Sie weiß auch immer gleich, ob der Schiedsrichter richtig liegt, braucht nie die Zeitlupe, wir sind das Dreamteam! Sie könnte später mal locker Videoschiedsrichterin machen, aber das will sie nicht. Ich dachte ja, sie würde versuchen, Profifußballerin zu werden, so gut wie sie spielt. Auf unserer Bank hat sie mir verraten, dass sie schonmal zur Jugendnationalmannschaft eingeladen war. Aber sie hat mir auch erzählt, dass sie, obwohl sie Fußball total liebt, manchmal wochenlang keine Lust hat zu trainieren.

»Das kenn ich auch«, sag ich, »dann tritt mein Bruder mir in den Arsch.«

»Das versucht meine Mom auch«, sagt sie und lächelt ein bisschen traurig, »aber das funktioniert bei mir nicht. Wenn man mich zwingt, fahren überall so Mauern um mich hoch. Da kann dann keiner mehr drüberklettern, nicht-mal ich.«

»Ich bin zwar nicht der allerbeste Bergstei-ger«, sag ich, »aber ich würd's versuchen.«

Sie verdreht kurz die Augen und ich hätt mir fast die Zunge abgebissen, weil ich so was Kit-schiges rausgelassen hab, aber dann lächelt sie glücklicherweise.

»Wir müssen unbedingt mal zusammen berg-steigen«, sagt sie. »Das find ich noch cooler als skifahren.«

Ich versteh nicht warum, aber Hannah er-klärt mir, dass die Einsamkeit beim Bergsteigen das Allerschönste für sie ist. Das überrascht mich ein wenig, weil sie in der Gruppe immer von al-len bewundert wird und sich mit jedem gut ver-steht, aber wie sie mich so ansieht, ihr Mund lä-chelt, aber die Augen sind dunkel wie die Nacht, da ahne ich, dass sie auch eine andere Seite hat.

»Ich bin gern allein«, sagt sie, »aber im Mo-ment bin ich lieber mit dir zusammen.«

Dann ist wieder einer unserer Mondmomente, obwohl der Mond heute nur ne kleine Sichel zeigt. Es ist so kalt, dass Dampfwolken aus un-seren Mündern kommen und sich in der Luft vermischen. Sie erzählt, dass sie später mal was mit Kindern machen will, ist ganz begeistert. Plötzlich bricht sie ab. Natürlich will ich wissen, was los ist, aber sie schüttelt erstmal nur den Kopf.

»Ist es was Verbotenes?«

Ein Anflug von Lächeln.

»Quatsch. Ich will Kinderärztin werden. Aber dafür ist mein Schnitt nicht gut genug. 1,6.«

Ich sag ihr, wenn ich einen solchen Abi-Schnitt hätte, würde mein Dad, obwohl er kein Moslem ist, barfuß nach Mekka pilgern. Aber ich füge gleich hinzu, dass da keine Gefahr besteht, weil ich überhaupt noch nicht angefangen habe zu lernen. Hannah kann das nicht fassen. Obwohl sie erst in der Elften ist, lernt sie bereits das gesamte Schuljahr, weil natürlich jede Arbeit für das Abitur zählt.

»Gab's noch nie was, was du unbedingt machen wolltest?«

Ich könnte jetzt natürlich antworten. »scheißegal, Hauptsache mit dir«, aber das wär soap, also geb ich lieber zu, dass ich bisher noch überhaupt keinen Plan habe. Glücklicherweise findet sie das nicht total bescheuert.

»Ich wünschte, ich könnte das auch. Alles so entspannt sehen.«

»Wenn's nichtmal mein Bruder schafft, mich zu stressen«, grinse ich, »wie soll ich das dann machen?«

Ihre Augen fixieren mich, als wollte sie mich auf die Bank nageln.

»Du solltest auf jeden Fall auch was mit Kindern machen. Lehrer vielleicht.«

Das hört sich nicht schlecht an. Mein Opa war

auch Lehrer, vielleicht hab ich da ne Begabung im Blut, keine Ahnung.

»Ich lass die Kleinen im Sportunterricht Rugby spielen und schick sie dann zu dir in Behandlung!«

Wir sind beide ganz begeistert von der Vorstellung dieser zukünftigen Zusammenarbeit und entwickeln die abenteuerlichsten Variationen. Mann, wir haben uns noch nichtmal geküsst, und machen schon große Pläne. Als hätte sie meinen Gedanken erraten, dreht sie sich zu mir und dann spüre ich zum ersten Mal ihre Lippen. Ich hab schon einige Mädchen geküsst, aber mit ihr ist es anders. Irgendwie ist es intensiver durch die ganze gute Zeit, die wir bereits miteinander verbracht haben.

5

An Silvester beschlossen wir, unseren Kleinen, die ausnahmsweise bis zehn Uhr aufbleiben durften, einen Fackellauf vorzuführen. Die Bergbahn wurde extra für uns nochmal angeworfen und wir Skilehrer fuhren im Dunkeln nach oben. Jeder bekam eine Fackel und los ging's! Mike zuerst, und wie immer fuhr er trotz Dunkelheit wie eine gesengte Sau. Ich merkte bereits nach den ersten Schwüngen, dass der Schnee völlig vereist war, aber noch war es relativ flach. Ich war der dritte hinter Mike und direkt hinter Hannah. Wir alle brüllten Mike zu, langsamer zu fahren, schließlich hatten wir keine Stöcke, sondern nur die verdammte Fackel, aber Mike dachte gar nicht daran und so mussten wir auch Gas geben, denn ein Fackelzug, wo jeder in fünfzig Meter Abstand mit seiner Fackel vor sich hindümpelt, ist auch nicht das Wahre. Ich beschloss, gechillt zu bleiben und die Skier so parallel wie möglich zu halten. Lustigerweise musste ich an die Mur und an Asterix und Obelix denken. Leider griffen die Kanten der beiden auf dem Eis aber nicht so ideal und ich musste tierisch aufpassen, nicht in Hannah reinzurutschen, die auf der vereisten Piste besser klarkam. Sie fand eine Spur, in der griffigerer Schnee war und lotste uns bis zum letzten Steilhang. Ich konnte schon die Kinder sehen, die unten standen und lachend winkten. Natürlich wollte ich mich vor den Kleinen erst recht nicht mehr flachlegen, aber wahrscheinlich verkrampfte ich deswegen ne Spur oder ich belastete »Obelix« ein bisschen zu sehr, jedenfalls kam ich auf eine Eisplatte, auf der's kein Halten mehr gab und rutschte zur Seite weg und nach unten bis vor die Füße unserer Kinder. Meine Fackel brannte noch, mein Arm ging die ganze Zeit wie ein Kerzenständer in die Höhe, Mike klatschte lachend Beifall und ich dachte schon, typisch großer Bruder, aber auch die Kleinen lachten und klatschten mit und Hannah und die anderen auch – und so war ich plötzlich der Held des Abends.

Der Einzige, der sich nicht so freute, war mein Knöchel, der so dick wurde, dass ich kaum noch den Skischuh runterkriegte. Ich wollte aber keinen auf Mitleid machen und trank mit den Kleinen noch einen Kinderpunsch.

Hannah fiel natürlich auf, dass ich ein wenig hinkte, aber ich sagte, das sei nichts und ich wäre auf jeden Fall fit fürs Bierpong. Hannah und ich spielten gegen Mike und Naldo, die lautstark verkündeten, dass sie mir heute den Rausch meines Lebens verpassen würden. Naldo lachte betont laut und mir war klar, dass beide etwas gefrustet waren. Naldo, weil Hannah nicht ihn wollte, sondern mich, was er allerdings niemals zugeben würde und Mike, weil ich nicht mit ihm spielte.

Er setzte uns gleich mal einige Treffer in die Cups, wobei er natürlich wieder mit dem Ellenbogen über der Tischplatte war. Aber Hannah und ich hielten sie mit einigen Bounce Shots in Schach und schafften es in die Re-Racks, was heißt, dass jeder nur noch drei Becher hat. In der Auszeit gingen wir kurz nach draußen und die kalte Luft schlug uns wie ein Hammer ins Gesicht. Hannah erklärte grinsend, sie sei schon völlig blau und mein Lächeln war mindestens genauso verschwommen.

>>Komm, wir küssen uns nüchtern!<<

>>Meinst du, das funktioniert?<<

>>Klar.<<

Wir küssten uns bis Mike rauskam und lachend schrie, das sei verbotenes Doping, aber das Lachen verging ihm, als wir seine letzten drei Cups auf Anhieb mit Bällen füllten und >>Beerpong Masters of the New Year<< wurden. Ich glaube, ein neues Jahr hat noch nie besser angefangen! Wir ließen die Sektkorken knallen und natürlich hatten Einige Raketen und Böller dabei. Während es knallte und zischte und krachte, fielen sich alle um den Hals und wünschten sich alles vom Allerfeinsten. Mike wünschte mir, dass ich Hannah nie mehr loswürde, denn nur mit ihr hätte ich den Hauch einer Chance, ihn nochmal beim Bierpong zu schlagen. So sieht wahre Bruderliebe aus!

Während er und Naldo weitere Raketen in die leergetrunkenen Flaschen steckten und in den Himmel jagten, sahen Hannah und ich uns an. Wir hatten uns noch gar nichts gewünscht, aber für richtige Wünsche war es einfach viel zu laut. Außerdem mussten wir jetzt die Kiddies, die von dem Lärm wieder aufgewacht waren, runterfahren und ins Bett bringen. Eigentlich hätten sie längst schlafen sollen, aber Silvester ist schließlich nur einmal im Jahr und ich war als kleiner Steppke auch immer ganz stolz, wenn ich bis Mitternacht durchhielt. Das erzählte ich ihnen auch und nach einigen Gutenachtumarmungen war dann auch Ruhe.

Auf dem Rückweg kommen wir an Hannahs Zimmer vorbei und irgendwie hat sie es geschafft, dass ihre Zimmergenossin die Nacht woanders verbringt, jedenfalls haben wir das Zimmer für uns.

Wir sehen nach draußen und mittlerweile ist's schon zehn nach eins, aber wir finden, es ist immer noch nicht zu spät, sich was zu wünschen. Da keine Sternschnuppen fallen, nehmen wir Schneeflocken. Das ist nicht ganz einfach, weil so viele zu Boden fallen, dass es schwer ist, sich auf eine Wunschschneeflocke festzulegen.

»Ich wünsch mir, dass das was ganz Besonderes wird mit uns«, flüstert Hannah.

»Ich auch.«

Sie sieht mich fragend an und ich weiß, ich müsste mehr sagen, aber mir fällt nichts ein, was richtig wäre. Da ich kein Maler bin, kann ich auch kein Bild malen, und da ich kein Instrument spiele, kann ich auch keinen Liebessong komponieren, ich kann sie einfach nur küssen und das ist gut so, denn küssen ist definitiv viel nicer als der ganze artsy-shit!

Wir ziehen uns ganz langsam die Klamotten aus, bis Hannah meinen Knöchel sieht, der mittlerweile aussieht wie ein dunkelblauer Bierpongball, nur ungefähr fünfmal so groß.

Sie schlägt die Hände vor den Mund und sieht dabei so entzückend aus, dass ich sie gleich nochmal küssen muss. Dann schiebt sie mich weg, weil sie unbedingt nochmal meinen Knöchel inspizieren muss.

»Du musst dich hinlegen.«

»Das wird deine erste Behandlung.«

Kichernd fallen wir auf ihr Bett.

Nach etwas Gewurstel mit der Bettdecke liegen wir ganz eng aneinander.

»Ich bin immer noch total betrunken«, flüstert sie.

Auch wenn wir gewonnen haben, haben wir ziemlich viel Bier in uns reinschütten müssen, und der Sekt danach macht es nicht besser. Ich schließe kurz die Augen und alles beginnt sich zu drehen. Also mache ich sie rasch wieder auf. Ich frage Hannah, ob das bei ihr auch so ist und wir probieren aus, wer die Augen am längsten geschlossen halten kann, bis uns beiden total schwindlig wird. Glücklicherweise ist uns nicht so schlecht, dass wir kotzen müssen, also dämmern wir weg und irgendwann wachen wir wieder auf und unsere Münder, Arme, Beine und auch der Rest von uns finden ganz automatisch zueinander und zwar so sehr, dass ich garantiert meinen Knöchel nicht mehr spüre.

6

Mein Bruder Mike interessierte sich nicht besonders für meine neue Freundin. Als wir nach der Heimfahrt aus dem Bus kletterten, fragte er nur: »Und, bist du jetzt mit Hannah zusammen?«

Das war ne knifflige Frage, denn ich hatte sie Hannah letzte Nacht auch gestellt. Sie hatte den Kopf in meinem Arm gedreht und ihre Augen hatten im Dunkeln ein wenig geleuchtet: »Du meinst, so ganz offiziell?«

Ich hatte genickt. Ihr Lächeln werde ich nie vergessen, so eine Mischung aus Sonne und Regen. »Ich hab dich total gern«, hatte sie geflüstert und mich ganz fest an sich gezogen, »aber lass uns erst noch ne kleine Probezeit machen, okay?«

Ehe ich fragen konnte, warum, küsste sie mich so, dass ich nichtmal mehr das Pochen in meinem Knöchel spürte, und das will was heißen, denn der schmerzte wie die Hölle. Danach sagte sie: »Ich kann dich nur an mich ranlassen, wenn ich frei bin. Lass uns ganz frei sein, aber ganz nah!«

Das hörte sich phantastisch an und irgendwie auch wieder nicht. Vor allem war es viel zu kompliziert, um es Mike zu erklären. Also sagte ich nur: »Wir sind in der Probezeit.«

Er grinste kurz.

»Dann hast du ja Zeit zum Trainieren.«

Er schlug mir auf den Bauch und meinte, ich hätte über Weihnachten ne tierische Wampe gekriegt. Die müsse unbedingt weg, sonst hätten wir bei den nächsten Spielen keine Chance.

Ich hasse es, wenn er mir auf den Bauch schlägt, auch wenn's nur ganz leicht ist. Und klar, ich will die Spiele auch gewinnen, aber ich finde, er sieht's manchmal zu verbissen. Aber mein Dad meinte, er hätte über die Feiertage auch tierisch zugelegt und wir sollten alle gemeinsam healthen. Das war okay für mich. Dummerweise wollte er aber auch noch detailliert wissen, wie viel ich in den Ferien fürs Abi gelernt hätte und als er begriff, dass ich erst jetzt anfing, rastete er komplett aus, spulte den überbesorgten Dad-text ab, nach dem Motto, er wisse nicht, was aus mir noch werden solle, und dann rief er auch noch die Mur an und übertrug ihr die volle Verantwortung »für unseren Sohn.«

Die Mur stand gleich am nächsten Tag vor unserer Schule, um, wie sie ganz strategisch am Telefon formuliert hatte, »mal zu hören, wie es in den Ferien war«. Da es in unserem Klassenzimmer so laut war, dass man es bis auf die Straße hören konnte, dachte sie, wir hätten Freistunde, es war aber eine ganz normale Deutschstunde bei Frau Dosch, die alle nur noch »Iphi« nannten, weil wir seit Monaten Goethe in allen Schattierungen durchkauten. Deswegen sorgten wir mit allerlei Schabernack wie mit Papierkugeln fürs Bierpong üben und Stadt, Land, Fluss spielen für etwas Ablenkung. Und alle Handys waren sowieso immer an!

Die Mur machte sich natürlich gleich tierisch Sorgen, von wegen, dass wir bei so einer Lehrerin viel zu wenig fürs Abi lernen würden und ich versuchte ihr klarzumachen, dass man bei Frau Dosch genausowenig lernen würde, wenn's mucksmäuschenstill wäre und es deshalb so laut sei. Bevor die Fronten sich allzusehr verhärteten, lud die Mur mich zum Pizzaessen ein, wovon ich aber gar nicht so viel hatte, weil ich ja healthen musste und nur Salat essen konnte.

Die Mur stellte jetzt so behutsame Fragen, was wir gerade in der Schule machten, und ob sie mir irgendwie helfen könne. In Mathe konnte sie mir natürlich nullkommanull helfen, weil sie ohne ihr Handy nichtmal die Grundrechenarten beherrscht, aber nachdem ich mir ein paar Stücke von ihrer Pizza genehmigt hatte, dachte ich mir, sie könnte mir vielleicht bei der Hausarbeit für diese beknackte Iphigenie etwas unter die Arme greifen. Sie war auch gleich voll begeistert. Wir gingen zu ihr und dem Fischtyp nach Hause, und im Gegensatz zu mir las sie das ganze Stück nochmal durch, während ich auf Basis der Wikipedia-Kurzfassung versuchte, mir ein paar Sätze aus den Fingern zu saugen.

Es kam, wie es kommen musste. Die Mur fand das Stück so interessant, dass sie wollte, dass ich es auch ganz lese und deswegen bei ihr übernachte. Ich wollte ihr verklickern, dass kein Mensch in unserem Kurs, vielleicht bis auf unseren Oberstreber, das ganze Stück gelesen habe, und sich alle auf Basis von SparkNotes und Co durchboxten. Sie überflog, was ich bisher geschrieben hatte und war jetzt noch dringender der Meinung, ich solle das gesamte Stück lesen. Zu allem Überfluss schaltete sich dann auch noch der Fischtyp ein und sie laberten was vom Gegensatz zwischen Gewaltmensch und sittlich-moralischem Idealmensch. Das war vielleicht beim alten Goethe noch ne große Nummer, aber die hätten eigentlich auch schon viel früher draufkommen können, dass das gegenseitige Abschlachten nicht so mega viel bringt, und vor allem muss ich dafür kein tausend-Seiten-Stück schreiben, da genügen zwei Sätze. Aber nicht genug, dass sie mich beide inhaltlich volllaberten, die Mur fand jetzt auch noch, meine Sätze seien zu kurz. Ich erklärte ihr klipp und klar, ich könne keine längeren Sätze schreiben, und wenn sie längere Sätze wolle, müsse sie die Hausarbeit schreiben.

Wir einigten uns schließlich darauf, dass ich

die Zitate raussuchte und dabei das Stück las und die beiden formulierten sich in dichterische Höhen, oder was sie dafür hielten: Iphigenie sei eine »schöne Seele«, das bedeutet sowas ähnliches wie Gutmensch. Ich hab generell nichts gegen gute Menschen, aber wenn sie zu gut und zu edel sind, dann sind sie immer n bisschen wie aus nem Videospiel, und dann kann man gut mit ihnen zocken, aber fürs wirkliche Leben taugen sie weniger. Jedenfalls war Iphigenie Goethes brutalstmögliche Version vom Gutmenschen, hat er selber so ähnlich gesagt, ein Musterbild sittlichen und moralischen Handelns, weil sie eben gegen Gewalt war und lieber laberte, sogar mit ihrem Bruder, der ihre Mutter um die Ecke gebracht hatte. Da ging's dann wohl auch ums große Verzeihen und den Mut zur Wahrheit, und die Mur meinte, da könne ich ne Menge lernen. Das mit dem Verzeihen war in der Kurzfassung gar nicht so richtig rausgekommen, ich fand aber, da hätten mein Dad und sie auch noch ne ganze Menge zu tun, anstatt sich immer mehr in ihren Scheidungskram zu verbeißen und wer jetzt wie viele Rentenpunkte bekommt, aber das behielt ich lieber für mich, weil die Mur und der Fischtyp grade so schön am Formulieren meiner Hausarbeit waren. Das ist eben immer der Unterschied zwischen Theorie und Praxis, und deswegen sitzen die Leute dann im Theater und ergötzen sich an irgendwelchen hochgestochenen Menschenbildern, aber in ihrem Alltag sind sie von jemand wie Iphigenie Lichtjahre entfernt, und das ist auch gut so, weil wenn jemand so mit mir labern würde, würd ich kein Wort verstehen. Wir schufteten bis morgens um Zwei, der Fischtyp diktierte, die Mur hieb in den Computer und ich war so fertig vom Zitate lesen, dass ich tot auf ihre Besuchercouch fiel und sofort wegpennte. Deswegen hatte ich auch keine Zeit mehr, mir meine Hausarbeit durchzulesen, ich konnte am nächsten Morgen grade noch schnell meine Unterschrift unter den Wisch setzen, dass die Hausarbeit von mir sei, und ohne fremde Hilfe und blabla, und gab ab.

7

Zwei Wochen später ließ die Dosch mich gleich am Anfang der Stunde aufstehen und wollte wissen, was sie gerade gesagt habe. Das machen die Pauker immer, wenn sie sehen, dass wir am Handy rumfummeln, weil sie nicht schnallen, dass wir längst multifunktional unterwegs sind und spielend das Handy bedienen und gleichzeitig ihrem langweiligen Gelaber zuhören können. Ich wiederholte also: »Ich habe die Hausarbeiten der Nachzügler korrigiert und dabei ist mir einiges aufgefallen.« Das klang jetzt nicht so superideal und ich beschloss, mein bestes Pokerface aufzusetzen und erstmal abzuwarten. Sie fuhr fort, dass eine der Arbeiten herausragend sei, und zwar meine, und dass sie mir das gar nicht zugetraut habe. Glückwunsch! Ich wurde ein bisschen rot, aber da man auch rot vor Freude werden kann, fiel das nicht auf. Sie war aber ganz begeistert von mir und wollte jetzt wissen, wie ich auf den und jenen Gedanken gekommen sei, und es wäre jetzt doch ganz schick gewesen, wenn ich mir die Arbeit nochmal durchgelesen hätte. So stotterte ich irgendwas von sittlichmoralischem Menschenbild und Verzeihen rum, und als sie weiter nachhakte, sagte mein Nebensitzer Greg, das sei bei mir eben wie bei nem Politiker, und ich hätte bestimmt einen Blackout. Die ganze Klasse lachte und ich hörte mit Mühe, dass ich 13 Punkte bekommen hatte, ehe sich der Unterricht mit dem üblichen Lärmpegel fortsetzte. Da ich jetzt so megagut war, konnte ich gleich meine WhatsApp an Hannah zu Ende schreiben. Wir freuten uns beide bereits tierisch auf meinen Geburtstag und ich war voll gespannt, was sie mir schenken würde.

Ihr Geschenk bestand aus zwei Teilen, und einen Teil musste sie mir vorab schenken, da er an ein bestimmtes Datum gebunden war. Das war das Theaterstück »Die Katze auf dem heißen Blechdach« von Tennessee Williams. Begleiten würde uns Hannas beste Freundin Lizzi, die zur Zeit so ne junge Buchhändlerin namens Adrienne datete. Ich hatte das Gefühl, dass dieses Geschenk so ne Art Test war, ob ich mich auch noch für was andres außer Fußball interessierte. Ich gab mich sehr relaxed, wobei mich ehrlich gesagt Hannahs Freundinnen unendlich viel mehr interessierten als Tennessee Williams.

Und so marschierte ich am Samstagabend in das erste Theaterstück, seitdem die Mur mich und Mike in Dostojewskis »Schuld und Sühne« geschleift hatte. Naja, wenigstens nicht »Iphigenie«. Das Stück war auf modern gemacht, sodass der Schwerpunkt auf dem Outing von Bricks

Homosexualität lag. Es war eigentlich ganz spannend. Was allerdings total nervte war, dass sowohl Adrienne als auch Hannahs Nebensitzerin Lizzi mir hinterher in allen Einzelheiten zu erklären versuchten, was bei dem Stück alles modernisiert worden sei, und mir von den zahllosen sexuellen Ausrichtungen, die die beiden aufzählten, die Gendersternchen schwirrten. Getoppt wurde das Ganze durch eine lebhafte Diskussion über den Unterschied von Geschlecht und sexueller Ausrichtung. Ich begann, Schneebälle auf Laternenpfähle zu werfen. Der dritte Wurf war ein Volltreffer, aber außer Hannah merkte das keiner. Nachdem Adrienne sich grinsend mit dem Hinweis verabschiedet hatte, sie müsse noch ihre neueste Situationship pflegen, kam Lizzi richtig in Fahrt. Sie war keineswegs eifersüchtig, wo dachte ich hin, sondern fand es toll, dass Adrienne aktuell sexuelle Beziehungen mit zwei Frauen und drei Männern hatte. Ich wagte es, zu fragen, wie viele Partner*innen Lizzi grade so hatte?

»Das ist doch völlig nebensächlich«, entgegnete sie kühl, »es geht hier um Erkenntnis.«

Ich erfuhr außerdem, dass Lizzi polyamor sei, also nie nur eine einzige Person romantisch lieben könne. Deshalb, meinte sie, sei sie quasi auch in einer Beziehung mit Hannah. Lachend fragte sie, ob ich jetzt eifersüchtig sei. Ich wusste es ehrlich gesagt nicht.

»Oh Mann, muss ich das jetzt gleich entscheiden?«

»Du weißt es nicht«, erklärte Lizzi mir, »weil du überhaupt noch nicht entdeckt hast, was deine männlichen und was deine weiblichen Persönlichkeitsanteile sind.«

Ich musste zugeben, darüber hatte ich mir wirklich noch keine Gedanken gemacht. Ich hörte etwas von chinesischer Philosophie, von Yin und Yang, und dass die alten Chinesen viel mehr über ihre geschlechtsspezifischen Persönlichkeitsanteile gewusst hätten als ich. Dem konnte ich nicht widersprechen, ich war mir nur nicht ganz sicher, ob ich das bei mir alles so haarklein auseinanderklamüsern wollte. Soweit ich das überblicken konnte, war ich eindeutig hetero, was nunmal das Langweiligste ist, was es gibt. Ich fand es allerdings im Augenblick ziemlich aufregend und verspürte keinerlei Lust, nach irgendwelchen verborgenen Unterabteilungen zu suchen.

»Doch, das ist megawichtig«, erklärte Lizzi mir. »Aber man kann das natürlich nicht alles im Haurruckverfahren erkennen. Da muss man reinwachsen. Ich hab mich sexuell auch noch nicht eindeutig festgelegt, ich will mir da nichts verbauen.«

Sie küsste Hannah auf die Wange, die tatsächlich ein wenig rot wurde. Offensichtlich färbte das auf mich ab, denn Lizzi bezeichnete uns lachend als zwei »verliebte kleine Äpfel«.

»Dein Freund ist süß. Vielleicht ein wenig sehr konservativ. Aber süß.«

Und damit verschwand sie im multisexuellen Ausgehgewühl.

»Vergiss Lizzi«, sagte Hannah zu mir, »aber ich fänd' s cool, wenn du ein bisschen eifersüchtig wärst.«

Ich musste ziemlich bescheuert ausgesehen haben, denn sie lachte hell auf, sprang hoch, schlang ihre Beine um meinen Rücken und flüsterte mir ins Ohr: »Musst du nicht. Ganz bestimmt nicht.«

Das stellte sie wenig später eindrucksvoll unter Beweis, wobei, ganz ehrlich, so ganz genau weiß man das heutzutage nie. Aber wenn deine Freundin entdeckt, dass sie bisexuell ist, was sollst du machen, das ist jenseits deiner hetero-Möglichkeiten. Jedenfalls war ich sehr froh, dass ich keinen Grund hatte, eifersüchtig zu sein.

Die Mur und der Fischtyp waren natürlich beide hocherfreut über ihre spitzenmäßige Punktzahl, die Mur schob allerdings gleich nach, so eine hohe Punktzahl verpflichte mich, ab sofort mehr fürs Abi zu tun.

Da muss man sich gleich so Sprüche anhören wie »der Ernst des Lebens beginnt«, wobei die Mur immer wieder betont, wie wichtig sie es findet, dass man einen Beruf ergreift, der einem auch Spaß macht. Sie ist zum Beispiel ganz begeistert vom Sohn ihrer Freundin, der Musiker werden will, obwohl er immer super in Mathe war, aber jetzt seine Leidenschaft gefunden hat! Das wäre ihr absoluter Traumsohn, aber da ich mit fünf Jahren das erste und letzte Mal eine Blockflöte angefasst habe, kann sie sich sowas abschminken. Je näher das Abi rückt, umso mehr schieben alle Panik, nur ich nicht. Ich hab nie was gelernt und bin immer durchgekommen, wenn ich jetzt n bisschen was lerne, schaff ich's bestimmt. Ich finde das logisch, aber meine Mur und mein Dad überhaupt nicht. Über jede Dezimalstelle der Unterhaltszahlungen streiten sie, aber darüber, dass ich mehr lernen soll, sind sie sich voll einig. Da Greg, Tim und Naldo ähnlichen Stress von Zuhause kriegten, beschlossen wir, um unsere Eltern zu beruhigen, eine Lerngruppe zu gründen. Das war an sich ganz gut, weil Naldo ziemlich gut Englisch kann, Tim der Einzige von uns ist, der tatsächlich die Texte liest, die im Deutschunterricht verteilt werden und ich in Mathe nicht der Allerschlechteste bin. Nur Greg ist nirgendwo so richtig der Held, sorgt aber für gute Laune. Leider war gerade Championsleague Winterpause und wir waren so auf Entzug, dass wir zwischen dem Lernen kurze Pausen einlegen mussten, um Fußball zu spielen. Da mein Dad nicht da war, konnten wir das ganz prima in unserem Wohnzimmer machen. Wir hatten ne Superidee: Naldo und Tim köpften mir den Ball zu und ich sollte ihn zum krönenden Abschluss per Kopf im fünf Meter entfernten Papierkorb versenken. Das Ganze nahm Greg mit meinem Handy auf. Der Kopfball in den Papierkorb erwies sich als echte Herausforderung. Aber schließlich, als Tim und Naldo bereits nicht mehr daran glaubten und Greg mich mit tausend Nullratschlägen weit jenseits der Wahnsinnsgrenze katapultiert hatte, gelang mir der beste Kopfball meines Lebens und ich zirkelte den Ball exakt in den Papierkorb. Nachdem wir gefühlt zehn Minuten gejubelt hatten, machten wir ne Endlosschleife aus unserem Filmchen, posteten und hatten innerhalb kürzester Zeit über 500 Views. Wir waren die Helden unserer Schule! Leider hatten wir für die ganze Chose über vier Stunden gebraucht und so konnten wir kaum noch was lernen, aber ehrlich: Für so nen Jahrhundertkopfball muss man schon mal ne schlechtere Note in Kauf nehmen.

Selbst die Mur fand meinen Kopfball klasse und sah ein, dass ich zwischen dem ganzen Lernen ein wenig körperliche Betätigung brauchte. Außerdem wollte sie unbedingt endlich Hannah kennenlernen. Also verabredeten wir uns am Nymphenburger Kanal zum Eishockeyspielen. Als Mike Wind davon bekam, musste er natürlich auch dabei sein. Zu viert könnten wir zwei Mannschaften bilden und es so richtig krachen lassen! Genau das hatte ich eigentlich vermeiden wollen, aber gegen den Bewegungs- und Geltungsdrang meines Bruders ist einfach kein Kraut gewachsen.

Die Mur verstand sich auf Anhieb prima mit Hannah und so beschlossen die beiden Frauen, gegen Mike und mich zu spielen. Das hatte ich eigentlich auch vermeiden wollen, aber ich konnte jetzt nicht gegen die neue Freundschaft von meiner Mur und Hannah anreden. Meine Mur hat früher viel Hockey gespielt und war immer noch ziemlich fit und Hannah war leider beim Hockey ähnlich gut wie beim Fußball. Mike spielte wie der typische Mittelstürmer. Er erwartete, dass ich ihm die genialen Pässe zuspielte, damit er den Puck ins Tor hauen konnte. Ich bin aber nicht so der Megahockeyspieler, weil ich mich immer ziemlich weit runterbücken muss, und so musste ich nach kurzer Zeit den geballten Frust meines großen Bruders aushalten, weil wir Null – Drei hinten lagen. Er gibt's zwar nicht zu, aber er kann noch viel weniger gegen Frauen verlieren als ich, eigentlich kann er grundsätzlich gar nicht verlieren, weswegen die Mur ihn früher immer hat gewinnen lassen, aber das konnte sie mit Hannah nicht bringen. So gingen wir ziemlich kläglich unter. Mike war entsprechend gefrustet und gab natürlich mir die Schuld, was in dem Satz gipfelte: »Es gibt ne neue Steigerung von unfähig und die heißt Nick!«

Das war der Mur dann echt zu viel und sie zwang Mike sich zu entschuldigen, was er noch weniger kann als verlieren. Er brummte, »tut mir leid, soll er halt besser spielen«, und für mich war das okay, weil ich weiß, dass das für meinen Bruder schon die Megaüberwindung ist. Aber Hannah guckte mich ganz komisch an und als wir nach Hause gingen, sagte sie lange kein Wort, sondern setzte sich auf eine der Parkbänke und starrte auf den vereisten Kanal. Ich setzte mich neben sie und folgte ihrem Blick. Außer einer Krähe, die sinnlos übers Eis hüpfte, war nichts zu sehen. Es war kein gutes Schweigen wie auf unserer Bank beim Skifahren, und mir wurde von der stummen Rumsitzerei ziemlich kalt. Ich versuchte, sie in den Arm zu nehmen, aber sie legte meine Hand ziemlich entschieden zurück auf meine halbgefrorene Trainingshose, deren Löcher für heftige Durchlüftung sorgten.

»Ist dir nicht kalt?«

»Nein. Nie«, sagte sie, ohne mich anzuschauen.

»Echt jetzt?«

»Ist doch praktisch.«

Ich schüttelte den Kopf und buchte die Antwort unter Trotzreaktion ab. Kein Mensch friert niemals. Der Fischtyp hätte sie für das achte Weltwunder gehalten. Mir war schon klar, dass Hannah es nicht so nice fand, wie das zwischen mir und Mike gelaufen war. Ich versuchte ihr klarzumachen, dass es nichts bringt, wenn man Mike vehement widerspricht und er sich am Besten wieder einkriegt, wenn man möglichst wenig sagt, aber sie unterbrach mich: »Genau so mach ich's ja auch immer. Ich gehe den Weg des geringsten Widerstands, deswegen kann ich beim Fußball auch so gut Leute austricksen, aber ich weiß nicht, ob's gut ist, wenn man im Leben um die Menschen rumläuft wie um Slalomstangen. «

Ich sagte ihr, ich sei gar nicht so gut im Austricksen, ich wolle einfach meine Ruhe.

Sie fixierte mich und in ihren großen dunklen Augen waren zum ersten Mal sowas wie Blitze: »Findest du das nicht total feige?«

Sowas Herbes hatte sie bisher noch nie zu mir gesagt. »Ich finde mich ehrlich gesagt nicht feige, höchstens bequem. Was gibt's dagegen einzuwenden?«

»Dass du nie nen eigenen Standpunkt einnimmst. Du bist immer einer Meinung mit mir!«

»Das ist doch cool für dich.«

Hannah fand das überhaupt nicht cool. Sie wollte über wichtige Themen diskutieren und ich sollte deswegen ne Menge kluger Bücher lesen, was allerdings unmöglich war, da ich fürs Abi jetzt doch das eine oder andere Buch aufschlagen musste. Ich fand's auch hart unnötig, weil ich ohnehin Hannas Ansichten in vielen wichtigen Punkten teilte. Damit war sie aber überhaupt nicht zufrieden. Sie warf mir vor, mir keine

eigene Meinung zu bilden, sondern aus Bequem-
lichkeit ihre Meinung zu übernehmen. Bei der ein
oder anderen Kleinigkeit wie organische Müll-
trennung oder umweltfreundliche Verpackun-
gen stimmte das vielleicht auch, aber über so
wichtige Sachen wie Klimawandel machte ich mir
durchaus meine eigenen Gedanken, und anstatt
sich darüber zu freuen, dass es genau die gleichen
Gedanken wie ihre waren, warf sie mir Denkfaul-
heit vor.

»Mann, dann bin ich jetzt auch der Meinung
von Mike, dass 1000 PS Rennwagen geil sind.«

»Siehst du! Selbst wenn du mir widersprichst,
hast du keine eigene Meinung, sondern die dei-
nes Bruders!«

Ich versuchte ihr klarzumachen, dass es weniger als null bringt, wenn man mit Mike rum-
zofft, das weiß ich nun wirklich zur Genüge. Ich
erinnerte sie daran, wie toll und diplomatisch
sie ihn beim Stadt, Land, Fluss-Spiel behandelt
hatte. Sie zögerte: »Ja, ich weiß. Aber manchmal
hab ich das Gefühl, ich mach dauernd Kompro-
misse, ich geh gar nicht so aus mir raus, und das
Leben rauscht an mir vorbei, ohne dass ich jemals ich selbst bin.«

»Bist du denn in Wirklichkeit so ne Kratz-
bürste?«

Darüber mussten wir beide grinsen. Unsere
roten Nasenspitzen berührten sich. Die Winter-
landschaft passte hervorragend dazu.

»Dein Kopfball war übrigens perfekt«, flüsterte sie.

Mir fiel zum ersten Mal auf, dass sie dieses Wort ziemlich häufig benutzte. Als würde sie sich wünschen, dass in ihrem Leben immer alles perfekt sein sollte. Klar ist es genial, wenn man mal ein solches Highlight hat, aber wenn ich ehrlich bin, haben die drei Stunden 59 Minuten, die ich vorher mit dem Papierkorb gekämpft habe, viel mehr Spaß gemacht, und vielleicht ist es mit dem Leben genauso. Die Highlights sind schön und gut, so als Krönung, aber das wirklich Wichtige findet dazwischen statt, und manche Menschen haben halt nie ne Krönung wie so nen perfekten Kopfball. Aber das sagte ich Hannah nicht, weil ich weiß, wie sie hardcore drauf lernt, die perfekte Kinderärztin zu werden. Und weil wir uns gerade besonders schön küssten.

Das Ende der Winterpause unserer Fußballabteilung feierten wir mit einem gemischten Übungsspiel, was bedeutete, dass Hannah zum ersten Mal gegen mich spielte. Mike kickte auf meiner Seite, aber das war mir gar nicht so recht, weil ich über die Winterpause nicht ganz so konsequent gehealthed habe, wie ich mir das vorgenommen hatte und die diversen Plätzchen und Bierpong-Parties bei jedem Sprint schmerzhaft spürte. Es kam, wie es kommen musste. Hannah umdribbelte mich so leicht wie eine Litfaßsäule und stand frei vor unserer Torfrau, aber sie schoss knapp übers Tor. Mike, der bereits tief Luft geholt hatte, um mir mein Versagen in wenigen demütigenden Details deutlich zu machen, verstummte, als Hannah mit einem lauten Wutschrei das Feld verließ. Wir dachten zuerst, das sei einer der üblichen Frustausflüge nach einer vergebenen Chance, aber sie verschwand in den Kabinen.

Ich ging ihr nach. Sie trug bereits ihre Sneaker und wollte gehen.

»He, sowas passiert jedem mal.«

»Mir nicht.«

Ich fasste ihre Schulter, sie schüttelte mich ab. Ich versuchte ein Lächeln.

»Immerhin hast du mich umspielt.«

»Das war wirklich keine Kunst.«

Sie erinnerte mich ein ganz klein wenig an Mike.

»Mann, wenn ich jedes Mal aufhören würde, wenn ich einen Fehler mache, könnte ich's gleich stecken.«

»Vielleicht ist das ja dein Weg zum Glück«, sagte sie. »Ein Fehler nach dem andern. Aber meiner nicht.«

Ihre Lippen, die ich so gerne küsste, waren schmal und angespannt, ihre Worte wie abgeschossene Pfeile. Sie knallte die Tür zu.

Ich ging zurück auf den Platz und machte tatsächlich einen Fehler nach dem anderen. Aber ich dachte nicht daran, aufzuhören.

8

Günstigerweise fiel mein Geburtstag auf einen Freitag. Trotzdem fühlte ich mich zunächst gar nicht geburtstagsmäßig, weil ich ganz normal aufstehen und in die Schule musste. Dort machte ich mit den Bros aus, dass wir am Abend sippen gehen. Ich rief Hannah an. Seit ihrem Frustabgang hatten wir nicht mehr miteinander geredet. Sie fühlte sich nicht richtig gut und wollte lieber, dass ich anschließend noch bei ihr vorbeikomme. Das war mir eigentlich nicht so recht, da ich es mit den Bros schon etwas exzessiver angehen wollte, aber natürlich wollte ich an meinem Geburtstag auch Hannah sehen und ihr war ganz offensichtlich nicht nach ner lauten Feier mit vielen Leuten. Ich sagte ihr, dass ich nicht vor Eins vorbeikommen könne und dass ich wahrscheinlich etwas angeschlagen sein würde, aber sie sagte, das mache ihr nichts aus. Wenn ich einen in der Krone hätte, könne ich sie am besten aufmuntern, und Aufmunterung könne sie im Augenblick gut gebrauchen. Ich wollte wissen was los sei, aber sie sagte nur: »Ich bin einfach manchmal ein wenig traurig. Das hat nichts mit dir zu tun.«

Mit der Aussage konnte ich jetzt überhaupt nichts anfangen, aber es war einfach nicht mehr aus ihr rauszukriegen, sodass ich mich schließlich fragte, ob es nicht doch was mit mir zu tun hatte und ihr versprach, schon um fünf vor zwölf zu kommen, damit wir noch auf meinen Geburtstag anstoßen könnten. Das fand sie unheimlich süß und alles schien wieder in bester Ordnung.

Als ich von der Schule kam, schenkten mein Dad und Mike mir ein altes Kultzockerspiel, Mario Smash Football! Wie immer hatten sie Arbeitsteilung gemacht, mein Dad hatte das Geld gegeben und Mike das Spiel besorgt. Wir zockten gleich ne Runde und ich fand's total lustig, weil man sogar mit nem Bär Tore schießen konnte. Die Fouls und Raufereien, die man unter den Spielfiguren provozieren konnte, waren das Geilste, und es wäre der total perfekte Geburtstagseinstieg geworden, wenn meinem Dad nicht plötzlich eingefallen wäre, dass er morgen früh noch ne dringende Besprechung habe und ich deswegen um 7:45 Opa und Oma am Bahnhof vom Zug abholen müsse, die extra wegen meinem Geburtstag kommen würden. Ich hatte das zwar irgendwie im Hinterkopf gehabt und freute mich eigentlich auch, weil ich die beiden echt mochte und sie auch immer satt Geburtstagsgeld mitbrachten, aber normalerweise holte mein Dad sie ab, er ist ja schließlich auch ihr Sohn. Ich hätte es natürlich gemacht, aber jetzt war ich total im

Stress, weil ich ja zuerst mit den Bros sippen gehen und danach noch mit Hannah feiern wollte. Also gab's für mich nur eine Lösung, und die hieß Mike! Aber der sah das völlig anders, weil er die ganze Woche hart auf seinen nächsten Schein gelernt habe und endlich auch mal ausschlafen müsse, weil er ab Montag auch wieder ins Fußballtraining einsteigen wolle, was mir im Übrigen auch sehr gut täte. Diese Bemerkung krönte er mit einem leichten Klapps auf meinen Bauch und da bin ich endgültig ausgerastet. Wenn ich einmal im Jahr mit meinen Bros sippen gehen und vielleicht danach an meinem Geburtstag auch noch meine Freundin sehen will, dann kann verdammt nochmal mein Bruder ein einziges Mal seinen durchtrainierten Arsch aus dem Bett wälzen und die Gros abholen. Aber Mike lachte nur und konterte eiskalt, dass ich sowieso nicht so viel sippen sollte, wenn ich hinterher zu meiner Freundin wolle. Er und mein Dad fanden es jetzt ganz besonders lustig, sich über mein Treffen mit Hannah auszulassen, für den Fall, dass ich dort voll prall einlaufen würde. Außerdem meinte Mike, es sei schließlich mein Geburtstag, und da müsse ich mich um meine Gäste, das heißt auch um die Gros, kümmern. Mein Dad war natürlich mal wieder voll auf seiner Seite und konnte sich den Seitenhieb nicht verkneifen, Mike habe in letzter Zeit eine beachtliche Punktezahl bei seinen Scheinen erreicht, während meine

Noten nach wie vor äußerst mittelmäßig seien. Als ich empört auf meine 13 Punkte bei Iphigenie verwies, lachten sie nur und wussten offensichtlich, dass dafür die Mur hauptverantwortlich war.

Mein gesamter Geburtstagsabend stand jetzt natürlich unter dem dunklen Vorzeichen, dass ich am nächsten Morgen nicht auspennen konnte. Ich beschloss, nach dem Abitur ans andere Ende der Welt zu fahren und dort ein Jahr lang auszuschlafen.

Aber jetzt musste ich erstmal zur Mur. Sie schenkte mir einen extrawarmen Anorak, den ich mir schon lange gewünscht hatte, so ein Teil, wo man nur ein T-Shirt drunter anziehen muss und bei minus 20 Grad draußen spazieren gehen kann. Das ist auch deshalb klasse, weil der Fischtyp so verfroren ist, und es bei den beiden deswegen immer so heiß ist, dass ich's ohnehin nur im T-Shirt aushalte. Die Mur behauptete jedenfalls, sie habe meinem Dad gegenüber nur angedeutet, dass sie mir bei der Hausarbeit etwas geholfen habe, aber ich kann mir schon lebhaft vorstellen, wie das Gespräch lief. Das nervt mich wirklich an meiner Familie: Untereinander streiten sie nach Herzenslust, aber wenn's gegen mich geht, sind sich immer alle einig.

Die Mur merkte natürlich gleich, dass meine Geburtstagsfreude nicht total ungetrübt war, und auch wenn ich zunächst keinen Bock habe, ihr was zu erzählen, schafft sie's immer, dass ich ihr danach doch fast alles erzähle. Sie war dann auch total verständnisvoll und meinte, sie würde ja die Großeltern für mich abholen, aber der Fischtyp und sie führen morgen Früh zum Skilanglaufen. Ich kann gar nicht fassen, wie jemand, der so viel in der Natur ist, seine Wohnung derart heizen kann, aber der Fischtyp meinte, er sei wie ein Krokodil, er müsse sich bewegen, um sich warm zu fühlen und wenn er an seinem Schreibtisch sitze, friere er immer. Ich durfte auf jeden Fall weit weg von der Heizung sitzen, die beiden hatten sich echt Mühe gegeben mit dem Geburtstagstisch, und die Mur hatte natürlich einen Maulwurfkuchen für mich gebacken. Nachdem ich das dritte Stück verdrückt und sich der Fischtyp wieder in sein Arbeitszimmer verkrümelt hatte, sagte sie, sie fände es unheimlich wichtig, dass ich mir genügend Zeit für Hannah nähme und ich fragte sie, was wohl dahintersteckt, wenn jemand sage, er sei traurig und wisse nicht warum.

Die Mur blickte mich an und ihr Mund lächelte, wobei die Augen wie immer ein wenig traurig waren. Mir fiel das erste Mal auf, dass das wie bei Hannah war, obwohl die beiden sich sonst überhaupt nicht ähnlich sehen. Jedenfalls sagte die Mur, es sei wichtig, dass ich Hannah das frage und überhaupt sei es sehr wichtig, über Gedanken und Gefühle zu sprechen, das habe sie vielleicht auch zu spät begriffen.

Aber was soll man noch fragen, wenn jemand nicht weiß, warum er traurig ist?

»Natürlich kann man sein Verhalten in ein paar Punkten ändern«, fügte die Mur hinzu, während sie mir noch ein Stück Kuchen zuschob. »Aber im Grunde bleibt man immer der, der man ist. Hannah wird nie ein glücklicher, ausgeglichener Mensch sein, und das ist sicher ihr Problem und gleichzeitig ihre besondere Qualität.«

Ich runzelte die Stirn.

»Woher willst du das wissen? Du hast einmal mit ihr Hockey gespielt. Hat sie den Schläger depressiv gehalten?«

»Jetzt dreh doch nicht gleich durch! Ich mach mir einfach Sorgen um dich. Soll ich mal mit Hannah reden?«

»Auf gar keinen Fall!« Ich war total wütend auf die Mur und eine Millisekunde später fiel mir auch ein, warum. »Es ist immer das Gleiche! Du traust mir überhaupt nichts zu!«

Sie versuchte vergeblich zu protestieren.

»Dabei kümmerst du dich viel mehr um den Fischtyp als ich mich um Hannah! Ohne dich wär der schon längst von seinen Forellen in der Isar gefressen worden!«

Die Mur fand, das könne man nun wirklich nicht vergleichen. Vielleicht stimmte das auch, aber ich war sicher, dass ich im Kern richtig lag: Sie traute mir nichts zu, weil sie sich selbst nichts zutraute, und weil das schon immer das Problem unserer Familie war, auch das von Mike, der genau deswegen so oft laut rumdröhnte: Mangelndes Selbstbewusstsein!

»Und genau deshalb hast du auch immer tausend Sachen mit Dad gemacht, die dir am Arsch vorbei gingen-«

»Das stimmt doch gar nicht-«

»Natürlich, wir sind jahrelang mit Onkel Peter und seiner komischen Arztfreundin in Urlaub gefahren, obwohl du dauernd über ihre Angebertour und ihre Schickimicki-Praxis abgekotzt hast, aber du hast sie trotzdem immer wieder zum Essen eingeladen und dann hast du auch noch moules frites gekocht, obwohl das keiner von uns mochte!«

»Weil ich überhaupt nicht wusste, was ich selber wollte!!«

So laut hatte ich sie noch nie schreien gehört. Ich musste das erstmal sacken lassen und anschließend schlucken.

»Hast du Mike und mich dann ... auch nicht gewollt?«

»Natürlich!«

Sie wollte mich in die Arme nehmen, aber ich hatte da grade null Bock drauf, und ich wollte auch kein weiteres Stück Kuchen.

»Nee, sag mal, ehrlich!«

Sie senkte den Blick, atmete mehrmals tief durch, dann kam: »Das war damals alles nicht so richtig geplant, aber als ihr dann da wart, hab ich mich total gefreut. Jeden Tag.« Sie sah mich an mit diesem Blick, mit dem sie mich früher immer gebeten hatte, nicht bei Rot über die Straße zu gehen. »Und das tue ich heute noch.«

Ich weiß, ich hätte sie jetzt in die Arme nehmen sollen, aber irgendwie konnte ich's grade nicht, weil mir total wichtig war, mein eigenes Leben auf die Reihe zu kriegen.

»Ich werde das mit Hannah schaffen. Wirst schon sehen!«

Auf dem Heimweg regte ich mich weiter über die Mur auf, die immer klug daherredete, anstatt für sich selber mal das Richtige zu tun. Außerdem checkte sie einfach nicht, wie komplex und widersprüchlich heutzutage alles war. Ich wusste nur eins: Ich brauchte jetzt dringend ein total entspanntes Abhängen mit den Bros.

Der Abend eskalierte etwas mehr als geplant. Wir feierten in einer Bar, wo Mike den Barkeeper gut kannte und wir deshalb die Drinks zum halben Preis kriegten. Der Barkeeper vertrat immer noch die Ansicht, dass Mike unbedingt Profifußballer hätte werden sollen, und vielleicht wäre mein Bruder sogar gut genug gewesen, aber als es ernst wurde, hat er sich's nicht zugetraut. Ich kenne meinen Bruder. Er tut zwar immer so, als würde er total cool über allem stehen, aber im Grunde hat er mehr Schiss als ich. Deswegen wird er jetzt auch Jurist, damit er mir immer schön beweisen kann, dass alles, was er macht, total richtig ist. Auch jetzt führte er sich wieder auf, als sei das sein Geburtstag, sippte eine Runde nach der anderen und krakeelte, dass ich nur noch alkoholfrei kriege, weil ich ja morgen früh die Großeltern abholen müsse. Naja, mir auch egal, weil ich für Hannah sowieso einigermaßen nüchtern bleiben wollte, also: Danke, Bruderherz!

Er kapierte natürlich nicht, warum, und als ich ging, dachte er, es sei wegen ihm, hatte ein total schlechtes Gewissen und wollte mir unbedingt noch einen Hardcoredrink ausgeben. Wir verabschiedeten uns mit einer brüderlichen Umarmung und er schlug mir ausnahmsweise mal nicht auf den Bauch.

Die nächste Umarmung krieg ich von Hannah. Total fest und ganz lange, sodass mir fast ein wenig unheimlich wird. Die Mur hat mich auch ganz lange umarmt, als sie uns verlassen hat. Aber mit Hannah ist alles okay und ich bekomme auch gleich den zweiten Teil von meinem Geschenk. Einen Pullover mit einem Elch vornedrauf, den sie selber gestrickt hat. Ich muss ihn sofort anprobieren und er passt wie angegossen, weil Hannah heimlich einen von meinen Pullis mitgenommen hat, was ich gar nicht gecheckt habe. Der Pulli ist aus echter skandinavischer Wolle. Wie gesagt, Hannahs echter Dad lebt in Finnland, wo er die Wichtigkeit von Sümpfen für die Umwelt untersucht. Da hat er jede Menge zu tun, aber trotzdem hat er extra die Wolle für meinen Pulli besorgt. Hannah ist total begeistert, wie gut der Pulli mir steht und ich find ihn ja auch okay, aber ich schwitz in dem Teil nunmal wie blöd und deswegen muss ich ihn gleich wieder ausziehen. Er ist eben mehr was für minus vierzig Grad, vor allem gemeinsam mit dem neuen Anorak von meiner Mur, aber ich tu trotzdem so, als ob ich mich total freu.

»Echt n komisches Geschenk für jemand, der nie friert.«

Wahrscheinlich war das der falsche Spruch, weil Hannah plötzlich weint.

»Hey«, ich lege einen Arm um sie. »Du konntest ja nicht wissen, dass mir alle warme Sachen schenken. Bestimmt wird's bald megakalt und dann trag ich deinen Pulli Tag und Nacht.«

Sie ballt eine ihrer kleinen, energischen Hände zur Faust und wischt sich damit die Tränen weg.

»Es ist nicht wegen dem blöden Pulli.«

»Was dann?«

Ich folge ihrem Blick zu ihrem Laptop, der immer noch eingeschaltet neben uns liegt. Sie will ihn zuklappen, aber ich kann trotzdem lesen, was auf der leeren Seite einer Tagebuch-App in Großbuchstaben steht:

»ICH WILL DAMIT AUFHÖREN, MEINE DUNKLEN GEDANKEN ZU VERSTECKEN, NUR UM GEMOCHT ZU WERDEN!!«

»Was für Gedanken?«

Sie druckst eine Weile rum und ich weiß, ich darf sie jetzt nicht zu sehr drängen aber auch nicht aufhören nachzufragen. Deswegen küss ich ihr erstmal eine Träne von der Wange. Das bringt sie aber nur noch mehr zum Weinen und als ich wissen will, warum, schluchzt sie, weil es so schön mit mir sei und sie Angst habe, es könnte mal weniger schön werden.

Das ist einer dieser Sätze, die mir mal wieder ganz klar machen, dass das Leben viel mehr mit Mathe zu tun hat als mit irgendwelchen Labereien von Dichtern. Ich erkläre Hannah die Gleichung des Lebens: »Das Leben hat bestenfalls einen Glücksanteil von 70 Prozent. Wenn manche Megamomente jetzt 150 Prozent haben, muss es auch 20 oder 30 Prozentmomente geben, damit am Ende wieder ein 70-er Schnitt rauskommt. Das ist logisch.«

Sie schnieft ein wenig, hebt den Kopf und sieht mich ganz lange an.

»Vielleicht ist das Leben manchmal nicht logisch.«

»Es kann nicht immer alles perfekt sein. Das ist dir doch klar?«

»Ja, aber man kann sich drum bemühen.«

»Ich bemüh mich meistens klarzukommen. Das ist nicht so anstrengend und man ist nicht so leicht enttäuscht.«

»Du hast gut reden. Ich hab nächste Woche ne Mathearbeit. Ich brauch mindestens zehn Punkte, sonst kann ich meinen Abischnitt vergessen.«

Ich lass meinen Spruch mit dem optimalen Wirkungsgrad bei Noten diesmal lieber weg.

»Soll ich dir helfen?«

»Du musst dich nicht um mich kümmern!« Sie starrt mich so dermaßen aggro an, dass ich denke, ich hab einen anderen Menschen vor mir. »Geh feiern mit deinen Freunden. Geh!«

Ich bin so perplex, dass ich erstmal gar nichts sagen kann. Ich kann aber auch nicht gehen, weil Hannahs Wut so hilflos wirkt. Sie sitzt auf ihrem Bett wie auf einer einsamen Insel. Ich setze mich vorsichtig neben sie.

»Ich kann dir wirklich helfen.«

Sie schlingt die Arme um ihren schmalen Oberkörper, als müsste sie sich selbst festhalten. Ich spüre ihr leichtes Zittern.

»Spar dir die Mühe. Ich schaff das sowieso nicht.«

»Mathe ist für mich wie Kopfball. Das Einzige, wo ich gelegentlich ins Schwarze treffe.«

Darüber muss sie lachen. Wenigstens ein kleines bisschen. Sie dreht sich zu mir und klettert auf meinen Schoß.

»Du hättest deinen Kopfball nie geschafft, wenn du nicht alles gegeben hättest.«

Ihr Gesicht ist jetzt so nah, dass ich ihren Atem spüren kann. Er riecht gut, wie immer leicht süßlich. Ich will den Kopf wegdrehen, weil ich schon ne tierische Fahne hab, aber sie hält ihn fest. Sie ist so nah und zärtlich wie sie kurz zuvor weit entfernt war.

»Du könntest solche Momente viel öfter haben, wenn du dich mehr anstrengen würdest.«

Unsere Nasenspitzen berühren sich und mir ist's egal, wie ich rieche, weil Hannah garantiert nicht zu den Frauen gehört, die nur nach nem Geschmackskaugummi mit dir knutschen. Sie hat die süßesten, zärtlichsten, weichsten Lippen der Welt. Für einen Moment denke ich, vielleicht muss sie manchmal so abweisend sein, damit sie dann wieder umso zärtlicher sein kann. Ich bin so glücklich, dass ich aus dem Sitzen raus einen Luftsprung mit ihr machen könnte. Da das vielleicht doch etwas utopisch ist, lächele ich nur. Bestimmt sehe ich idiotisch aus – ich sehe immer idiotisch aus, wenn ich voll glücklich bin – aber das ist mir egal.

»Findest du, ich streng mich jetzt grade zu wenig an?«

»Idiot. Nein. Ich weiß auch nicht.«

Es wird eine Meganacht, aber als ich, ungelogen, um halb sechs aufstehe, denke ich, ich hab mich doch zu wenig über den Pulli gefreut.

9

Draußen hatte es höchstens ein Grad, aber ich schwöre, ich kam in meinem Pulli und Anorak keine zehn Meter weit, dann musste ich beides ausziehen, weil ich mich fühlte wie in der Sauna. Auf jeden Fall war mir klar, was ich dem Fischtyp zum Geburtstag schenken würde. Da ich bis zum Hauptbahnhof dreimal umsteigen musste, war ich ziemlich im Stress, aber ich schaffte es, fünf Minuten vor Eintreffen des Zugs da zu sein. Wie mit meinem Dad verabredet, wartete ich am Ende vom Gleis. Der Zug kam, Leute stiegen aus, hasteten an mir vorbei, Begrüßungen in allen vier Himmelsrichtungen, von Opa und Oma keine Spur. Ich checkte nochmal die Daten, die mir mein Dad aufs Handy geschickt hatte, alles stimmte, bis auf Opa und Oma. Vielleicht hatten sie den Zug verpasst und ich war total umsonst so früh aufgestanden. Ich wollte bereits meinem Dad die Hiobsbotschaft reindrücken, als ich auf der anderen Seite des Bahnhofs, am total falschen Ausgang, eine Rentnerausgabe von mir und Hannah stehen sah. Vielleicht vererbt sich ja die Vorliebe langer dünner Männer für kleine zierliche Frauen, jedenfalls fiel mir zum ersten Mal auf, dass mein Opa und meine Oma exakt dieselben Proportionen hatten wie Hannah und ich.

Ansonsten habe ich hoffentlich nicht alles von meinem Opa geerbt, denn er ist unglaublich stur. Deswegen hatte er sich auch gegen den Rat meiner Oma, die richtigerweise am Ende vom Gleis warten wollte, zum Nordausgang des Bahnhofs begeben und bestand darauf, dass er dort schon immer gewartet habe (was eindeutig falsch war) und dass man vom Nordausgang viel leichter zur richtigen Busstation käme (was noch falscher war).

Meine Oma machte mir mit resignierendem Kopfschütteln klar, dass es sinnlos war, ihm zu widersprechen und so machten wir samt Rollkoffern einen Megaumweg zur Bushaltestelle. Eine Korrektur von Opas Sicht der Dinge war auch deshalb schwierig, weil sich sein Gehör eindeutig verschlechtert hatte und er eigentlich beidseitig Hörgeräte tragen sollte. Da ihm aber deshalb auf einer Seite immer das Ohr wehtat, trug er das Hörgerät nur auf der anderen Seite, und ich vergaß jedes Mal, dass es die linke war, bis meine Oma es mir sagte. Das half aber auch nicht viel, denn wenn ich ihm von links ins Ohr brüllte, verstand er auch nicht viel mehr, beziehungsweise wollte nicht mehr verstehen, wie meine Oma ihm voller Hellsicht unterstellte. Die Kabbelei zwischen den beiden eskalierte so sehr, dass Opa sich schließlich auch das zweite

Hörgerät aus dem Ohr riss. Deswegen ging meine Warnung wegen der nächsten drohenden Bordsteinkante unter und Opa legte sich am Busbahnhof erstmal flach. Ehe Oma Zeit hatte, zu geschockt zu sein, half ich ihm wieder auf die Füße, auf denen er glücklicherweise recht sicher und unversehrt stand. Etwas kleinlaut steckte er sich sein Hörgerät wieder in die Ohrmuschel und war beim Einsteigen in den Bus bereits wieder so stabil, dass er die Hilfestellung der Oma derb zurückwies und leicht schwankend die zwei Stufen erklomm. Die Fahrt verlief schweigend, da ich auf Opas rechter Seite saß, auf der er ohnehin nichts hörte.

Mein Dad war natürlich gleich megabesorgt, als er hörte, dass Opa gestürzt war und raunzte mich an, wieso ich nicht besser aufgepasst hätte, aber die Oma nahm mich in Schutz und dann gab es erstmal Geburtstagsgeld, sage und schreibe 150 Steine!

Leider gab's von Opa dann noch ein weiteres Geschenk, einen Gedichtband von Goethe, da er von der Mur gehört hatte, dass ich so eine exzellente Arbeit über Iphigenie verfasst hätte. Genauso gut hätte er mir einen übriggebliebenen Backstein von seinem Haus mitbringen können, aber da mein Dad darauf bestand, warf ich höflicherweise einen Blick auf die erste Seite. Oh Mann, Alter, wer liest denn sowas! Ich begriff schlagartig, dass sie uns mit Iphigenie noch den gnädigeren Teil der klassischen Bildung absolvieren lassen. Als Mike meinem Opa jetzt auch noch hinterhältigerweise steckte, dass ich mir überlegte, Lehrer zu werden, war der, ganz ehemaliger Latein- und Geschichtslehrer, nicht mehr zu bremsen und machte jedes weitere Gespräch unmöglich, indem er pausenlos aus seinem, eigentlich meinem, Goetheband Verszeilen rezitierte und die seiner Meinung nach größten Kostbarkeiten auch noch auf Latein übersetzte. Selbst meiner Oma, die eigentlich noch Sinn für solche Schwarten hatte, wurde es zu viel und sie klappte mit einem harschen: »Du, wir wollen uns jetzt hier unterhalten!« das Buch zu. Doch Opa war der Meinung, etwas klassische Bildung könne den jüngeren Männern der Familie nicht schaden und zitierte auswendig weiter. Mein Dad kapitulierte bei einer Flasche Rotwein.

Der Abend war auf jeden Fall eine gute Vorbereitung auf die Schule, die am nächsten Montag um 7 Uhr 45 wieder durchstartete. Ich hörte den Gros mit halbem Ohr zu und guckte gleichzeitig auf dem Handy die Highlights der ersten Bundesligaspiele im neuen Jahr. Natürlich hatten die Bayern wieder satt gewonnen.

Greg, Naldo und Tim hatten, nicht zuletzt auf panikartigen Druck ihrer Eltern, beschlossen, die Lerngruppe fürs Abi fortzusetzen, und um meinen Dad und die Mur zu beruhigen, machte ich auch mit. Da wir's nicht übertreiben wollten, lösten wir bei den Matheaufgaben immer Teil a) und b). Unser Mathelehrer hatte unvorsichtigerweise versichert, wer a) und b) richtig habe, bekomme mindestens eine 3,7 oder sechs Punkte, vielleicht sogar eine 3,3. Tim, dem man mittlerweile den Gips abgenommen hatte, aber der immer noch leicht humpelte, verwies auf die Möglichkeit, dass man Teil c) vielleicht doch als Sicherheitspuffer mit einbauen sollte, aber wir anderen zockten lieber FIFA. Wir beschlossen, uns dabei auf Englisch zu unterhalten, um den Lernpegel noch etwas hochzufahren. Der Brüller war, als Tim das Wort »drive« im schönsten Denglisch »gedrived« konjugierte und nicht glauben wollte, dass es korrekt »drove« heißen muss.

Als wir mitten im kreativen Lernen waren und ich gerade mal wieder Messi genial durch die gegnerische Verteidigung dribbeln ließ, rief Hannah an. Ich merkte gleich, dass sie nicht gut drauf war. Sie versuchte seit drei Stunden, eine Geometrieaufgabe zu lösen und hatte sich in allen möglichen Parabeln verheddert. Mir war klar, dass ich an diesem Abend aus dem Lernen nicht mehr rauskommen würde. Sie sagte zwar, ich brauche nicht zu kommen, aber die Panik in ihrer Stimme sagte das genaue Gegenteil. Ich schoss also das letzte Mal mit Messi exakt in den Winkel und brach auf. Naldo brachte zwar noch so einen blöden Spruch wie, »wer hat denn eine Freundin zum Lernen«, aber von sowas lass ich mich schon lange nicht mehr beeindrucken.

Hannah sah ziemlich blass aus und irgendwie noch schmaler als sonst. Die Mathearbeit am folgenden Tag schien ihr wirklich im Magen zu liegen. Sie bedankte sich tausendmal, dass ich gekommen war, beinahe ein wenig zu oft. Wir entwirrten ihre Parabeln und als ich sie etwas beruhigt hatte, konnte auch sie sehen, dass der Lösungsweg eigentlich ganz logisch war. Sie seufzte.

»Logik ist zur Zeit echt nicht meine Stärke.«

Sie umarmte mich plötzlich ganz heftig und flüsterte: »Manchmal bin ich ein solches Arschloch.«

Ich wollte wissen, wieso, sie schüttelte nur heftig den Kopf. Da er dicht neben meinem war, bekam ich einige leichte Schläge mit dem Pferdeschwanz ab. Erneut spürte ich ihren Atem an meinem Ohr: »Dann mach ich total verrückte Sachen.«

Ich schob sie ein Stück von mir weg und grinste. »Also, ich mag's, wenn du verrückte Sachen machst.«

»Sag sowas nicht.«

Sie wurde so ernst, dass mir beinahe ein wenig unheimlich wurde. Am nächsten Wochenende wollte sie zu einem ihrer älteren Halbbrüder nach Berlin fahren. Der Typ war Fotograf und hatte seine erste Ausstellung, die Hannah nicht verpassen wollte.

»So verrückt find ich das jetzt auch wieder nicht.«

Aber sie blieb total ernst und nahm meinen Kopf in ihre Hände.

»Willst du mitkommen?«

Wollte ich, aber ich konnte nicht, da ich am Sonntag das erste Mal wieder Spiel hatte. Für einen Moment dachte ich, sie rastet aus, als ich ihr das sagte, aber es veränderten sich nur ihre Augen, als seien alle Lichter in ihnen ausgegangen.

»Hast du denn kein Spiel?«

»Ich mach grade Pause. Ich bin im Moment nicht gut genug.«

»So ein Quatsch! Du bist tausendmal besser als ich.«

»Ich hab eben andere Ansprüche als du!«

Das kam so heftig, dass ich lieber nichts mehr sagte. Ich frage mich allerdings, worin der Sinn bestand, in allem die Beste sein zu wollen, wenn das Resultat war, dass man auf gar nichts mehr Lust hatte. Aber das behielt ich lieber für mich.

Wir legten uns auf ihr Bett, ich schob meine Hand unter ihr Shirt, aber sie wollte einfach nur in meinen Armen liegen.

»Du hast recht. Das ist jetzt echt total verrückt.«

»Idiot.«

Ich fand, sie sagte das ein wenig zu oft in letzter Zeit, aber da sie es so liebevoll sagte, war es auszuhalten. Ich fühlte etwas Seltsames. Je enger sie sich an mich schmiegte, desto weiter entfernte sie sich von mir. Aber vielleicht habe ich mir das nur eingebildet.

10

Mein Bruder Mike nervte mich im Training die ganze Zeit, von wegen, dass ich zu langsam sei und endlich abkochen müsse. Unser neuer Trainer war ihm geradezu hörig und so bekam ich ganz schön viele Strafrunden aufgebrummt. Am Schluss schlug Mike mir wieder leicht auf den Bauch und sagte: »Das tun wir alle nur, weil wir dich so gern haben.«

Beim gemischten Abschlussspiel war glücklicherweise keines der Mädels so gut wie Hannah, sodass ich mich nicht allzu sehr blamierte. Einmal schlug ich einen 30-Meter-Pass genau auf Mikes Fuß und er machte ein Tor. Da war er wieder halbwegs versöhnt und meinte, so müsse das auch am Sonntag laufen, und ich hätte mich bereits in diesem Training stark verbessert.

Am nächsten Tag war schon wieder Samstag und ich fragte mich, wo die ganze Woche geblieben war. Da ich mich nicht mit Hannah treffen konnte, hatte ich eigentlich vorgehabt, ein bisschen was zu lernen, aber ich hatte solchen Muskelkater, dass ich unmöglich zu Fuß zum Bäcker und wieder zurück gehen konnte. Also nahm ich für eine Station den Bus. Der hintere Teil war so gut wie leer und ich hatte mich gerade stöhnend auf einen Fensterplatz fallen lassen und massierte meine Oberschenkel, da tauchte so ein flippiger Typ mit Rastalocken vor mir auf und zückte seinen Ausweis: Fahrzeugkontrolle!

Ich dachte, das darf echt nicht wahr sein. Ich fahr alle Schaltjahre mal Bus und dann eine einzige Station und werde kontrolliert. Mike fährt dauernd schwarz und wird nie kontrolliert. Er hat auch diesen coolen Trick, dass er die Fahrkartenapp bis zu dem Punkt einstellt, wo er nur noch einmal drücken muss und seinen digitalen Fahrschein bekommt, aber ich hatte das verpennt. Wer denkt auch am Samstagmorgen bei einer einzigen Station Bus an eine fucking scheiß Fahrzeugkontrolle! Ich musste 60 Euro blechen und meine ganzen Personalien wurden aufgenommen, und bis ich dann endlich beim Bäcker war, waren alle Brezeln weg und nur noch so n paar runzlige Brötchen übrig. Voll der Flopp!

Mike lachte sich natürlich dreivierteltot, jedenfalls bis er die vertrockneten Brötchen essen musste. Ich musste ihm mühsam klarmachen, dass Abhauen bei dem Brachialmuskelkater, den ich hatte, keine Option gewesen wäre. Mike machte sich natürlich gleich wieder Sorgen wegen meiner Form. Er lieh mir irgendeine stinkende Salbe, mit der ich garantiert wieder fit fürs morgige Spiel wäre, bot sogar an, mich zu massieren, aber da ich seine Hände kenne, machte ich das lieber selbst. Dann war auch schon wieder halb vier und wir guckten BuLi. Die Bayern hatten ein paar Spielzüge drauf, von denen Mike meinte, die sollten wir morgen auch probieren und auf dem Papier sah das alles ganz vielversprechend aus, nur dass ich eben nicht Alfonso Davies bin.

Am Abend wollten wir uns bei Tim treffen, weil er immer noch nicht so gut laufen konnte. Ich fuhr mit dem Fahrrad los, wie immer mit Kopfhörern und Musik und freute mich mächtig, als Hannah auf dem Display auftauchte.

Ihre Stimme klang dann aber gleich so Darth-Vader-mäßig, dass ich wusste, da stimmt was Grundsätzliches nicht. Wobei, Darth Vader stimmt nicht, ihre Worte waren leise, leblos, wie von so nem Vampir. Wobei, das trifft's auch nicht wirklich, sie klang wie ein Geist, aber einer, den man sich nicht vorstellen kann, weil er echt ist und der auch nicht weggeht, wenn man die Augen aufreißt. Ich hatte in meinem Leben schon öfter Angst gehabt, aber nie so. Diese Angst war anders, sie schien wie eine schwarze Hand aus dem Asphalt aufzutauchen, stoppte mich und mein Fahrrad und umklammerte meinen Hals.

»Ich hab was Schlimmes gemacht«, sagte sie.

Ich wusste, dass ihr Halbbruder und seine Fotografenfriends nicht nur kifften, sondern auch allen möglichen härteren Scheiß nahmen, also fragte ich danach, und während ich fragte, hoffte ich, dass Hannahs Problem nur aus Drogen bestand. Doch noch während die Worte aus meinem Mund schlüpften, spürte ich, wie sich die Hand um meinen Hals in eine dunkle Schlange verwandelte, die durch meinen Körper kroch, sich um meinen Kopf legte und mir ins Ohr flüsterte: »Es ist alles noch viel schlimmer.«

Und so war es.

»Ich hab n paar Pillen eingeschmissen«, hörte ich ihre Stimme. »Aber das war nicht der Grund. Das ist keine Entschuldigung.«

Irgendwas in mir hoffte, sie würde nicht weiterreden, aber sie war unerbittlich. Es war, als würde man uns mit einem scharfen Messer auseinanderschneiden.

»Ich hatte wieder solche Angst, dass wir auf unserem Zenit sind. Dass jetzt nur noch der Abstieg kommt. Ich konnt's nicht aushalten. Da bin ich gesprungen. Ich hab alles versaut.«

Sie hatte mich betrogen. Mit einem Typ, der sie beim Tanzen angequatscht hatte. Ich brauchte keine Details, aber Hannah ersparte uns nichts. Unbarmherzig spazierten ihre Worte in meinen Kopf. Es war, als wollte sie sich für ihr Glück, das sie ihrer Meinung nach nicht verdient hatte, bestrafen. Ich hörte ihr zu wie einer Fremden. Irgendwann brüllte jemand: »Hör auf!!«

Das war ich. Sie begann zu schluchzen und ich konnte ihr Gesicht vor mir sehen, in Tränen aufgelöst. Ich hatte kurz den Gedanken, ich müsste sie trösten, aber das war völliger Bullshit, weil ich selbst nur noch aus Chaos und Schmerz bestand. Es wurde ruhig zwischen uns, sehr ruhig. Nur ihr Schluchzen flackerte gelegentlich auf.

»Sag was«, flüsterte sie. »Sag irgendwas. Sag, dass ich ein Arschloch bin.«

»Ich dachte eigentlich, wir hätten nie gegeneinander gespielt. Aber du hast mir von hinten die Beine weggetreten.«

Sie stieß einen Laut aus, so voll krasser Verzweiflung, wie ich ihn noch nie gehört hatte.

»Bitte lass mich vorbeikommen. Ich kann dir das alles nicht am Telefon sagen.«

Ich hielt's nicht mehr aus: Ihre Verzweiflung, ihre Worte, gar nichts.

»Was du bisher gesagt hast, reicht schon.«

Ich drückte sie weg und hätte am liebsten mein Handy gegen die nächste Hauswand geknallt, aber zum Glück fiel mir grade noch ein, dass es das gebrauchte iPhone von Mike war, das er mir für endviel Kohle verkauft hatte, weil er sich natürlich gleich das neueste Modell geholt hatte.

Erst jetzt bemerkte ich, dass ich beinahe an derselben Stelle angehalten hatte, an der mich die Cops abgegriffen hatten. Damals hatte Hannah mir die erste WhatsApp geschickt. Anfang und Ende, der perfekte Kreis. Das Leben war eben doch wie Mathe, aber eine ewig ungelöste Aufgabe. Ich konnte nicht mehr zu Tim, ich konnte gar nichts, nichtmal mehr Fahrradfahren. Ich schob mein Rad nach Hause, während die Gedanken in meinem Kopf kreisten. Das eben war eine andere Hannah gewesen, eine Hannah, die ich nicht kannte, oder vielleicht nicht kennen wollte. Was wusste ich schon von ihr? Sie konnte gut Fußballspielen, gut mit Kindern umgehen, gut mit mir umgehen. Aber ich mit ihr? Ich kam mir vor wie ein Astronaut, der einen fremden Planeten betreten hat und kurz nachdem er die Raumkapsel verlassen hat feststellt, dass es besser wäre umzudrehen – aber dann ist die Kapsel weg. Darth Vaders Spuren im Mondstaub. Ich stellte mein Rad in den Fahrradkeller und betrat unsere Wohnung.

Mike thronte mit seinem Handy am Küchentisch, studierte mit einem Auge die Highlights eines Liverpool-Spiels und linste mit dem anderen in ein Jura Buch.

»Fit für Morgen?«

Oh Gott, Fußball! Am liebsten hätte ich den Kücheneimer zertreten. Ich musste aufpassen, dass ich nicht alles zu hassen begann, was mit Hannah zu tun hatte. Als Erstes würde ich ihren beschissenen Elchpullover verbrennen. Mike musterte mich skeptisch.

»Immer noch Muskelkater?«

Ein Achselzucken als Antwort. Mike runzelte

die Stirn. Manchmal ist er klüger als man denkt. Sein liebevoller Stahlgriff um mein Handgelenk nötigte mich, Platz zu nehmen.

»Irgendwas mit Hannah?«

Was sollte ich lange drum rum reden. Es stand offensichtlich sowieso in Großbuchstaben auf meiner Stirn.

»Wir haben Schluss gemacht. Sie hat n Andern.«

»Scheiße.«

Brüderlicher Seufzer.

»Echt beschissen. Aber weißt du, manchmal kommt sowas einfach vor. Soll ich uns Spiegeleier machen? Mit Spinat und Bratkartoffeln?«

Eines meiner Lieblingsessen. Ich nickte schwach. Wenig später schaufelte er das Essen in sich rein, während ich mich dazu aufraffen konnte, an ein paar Kartoffeln zu knabbern. Mike schnappte sich mein Handy und scrollte die Fotos durch.

»Ehrlich Alter, auf den Fotos sah sie sowieso immer besser aus als in echt.«

Der Trost meines Bruders.

»Gib her!«

Er gab mir mein Handy zurück.

»Zumindest auf den meisten. Ich würd sie sowieso alle löschen.«

Er merkte, dass das nicht so gut bei mir ankam.

»Kannst du morgen spielen? Oder soll ich

dem Trainer sagen, du willst erstmal auf die Er-satzbank?«

Ich schniefte kurz.

»Ich spiel auf jeden Fall.«

»Das ist mein kleiner Bruder!«

Seine Hände tatschten schwer auf meine Schultern, aber er schlug mir nicht auf den Bauch. So nett war er seit Lichtjahren nicht mehr zu mir gewesen.

Das Spiel lief besser als ich befürchtet hatte. Je mehr ich mich bewegte, umso stärker spürte ich die Wut, die ich auf Hannah hatte. Warum zerstörte sie alles? Nur weil sie Angst hatte, es könnte sowieso kaputtgehen? Da könnten wir uns ja alle gleich in die Luft jagen! Ich stellte mir bei jedem Zweikampf vor, ich spielte gegen Hannah. Meine Gegner hatten nichts zu lachen. Nach der ersten Gelben nahm Mike mich beiseite. So gut habe er mich seit Jahren nicht gesehen, aber ich solle es nicht übertreiben. Er zwinkerte mir zu.

»Ich will doch nicht, dass unser zweitbester Mann vom Platz fliegt.«

Meine nächste Vorlage verwandelte er zum Siegtor.

11

Nach dem Spiel fiel ich für ein paar Wochen in ein großes Loch. Auch wenn Hannah und ich uns hauptsächlich am Wochenende gesehen hatten, vermisste ich sie eigentlich jeden Tag. Zum ersten Mal war ich richtig schlecht in Mathe, obwohl ich mit den anderen hart gelernt hatte.

Mike wollte die Angsttiraden meines Dads, ich sei nur faul und er wisse nicht, was mal aus mir werden solle, stoppen, indem er ihm von mir und Hannah erzählte, aber ich wollte das nicht. Ich wollte mit niemandem über mich und Hannah reden, nichtmal mit der Mur. Ich wollte nichts erklären, keine Fragen beantworten, auch keine mitfühlenden Ratschläge, und Mike verstand das.

Also ertrug ich den Hagelschauer meines männlichen Erziehungsberechtigten, während der weibliche Teil versuchte, in Deutsch und Englisch zu retten, was zu retten war – aber von Mathe hatte die Mur natürlich keinen Schimmer.

Generell hatte sie aber die bessere Strategie als mein Dad, war wahnsinnig lieb und verständnisvoll, ich durfte sogar die Heizung runterstellen. Dann kauten wir Iphigenie nochmal durch und die Mur erklärte mir, wie wichtig es sei, jemandem verzeihen zu können, und dass der alte Goethe das bereits gerafft habe. Natürlich ahnte sie längst, dass zwischen mir und Hannah was schiefgelaufen war, aber es passte mir ganz und gar nicht, dass ausgerechnet sie mir Ratschläge über Verzeihen erteilte, und von Johann Wolfgang, dessen Sohn Vollalkoholiker war, brauchte ich ganz bestimmt keinen zweihundert Jahre alten Rat. Das sagte ich ihr auch laut und deutlich. Sie sah mich lange an und erwiderte, Verzeihung könne man nicht einfordern, und es müsse immer derjenige, der verletzt worden sei, entscheiden, ob er verzeihen könne oder nicht.

»Dad wird dir nie verzeihen, niemals!«

Sobald ich es gesagt hatte, tat's mir schon wieder leid. Aber die Mur blieb ganz ruhig.

»Das hat nur er alleine zu entscheiden. Ich weiß nicht genau, was zwischen Hannah und dir vorgefallen ist, aber nur du kannst entscheiden, was für dich das Beste ist.«

Ich war kurz davor, ihr alles zu erzählen, aber dann tat ich's doch nicht. Sie hatte ja selbst grade gesagt, dass nur ich entscheiden konnte, und wenn sie mir irgendwelche klugen Ratschläge erteilen würde, würde ich wieder voll beeinflusst.

Sie musste es ohne die Verzeihung von meinem Dad aushalten und Hannah musste garantiert auf meine verzichten. Ich würde weiter mit meinen Kumpels abhängen und mit Mike zum Kicken gehen.

Trotz allem hatte mir das Gespräch mit der Mur gutgetan, ich fühlte bereits wieder viel mehr Licht in meiner Birne. Ich ging nach Hause und löste die nächsten Matheaufgaben fehlerfrei.

Als ich mir gerade überlegte, ob ich ausnahmsweise auch noch den c) Teil angehen sollte, klingelte es. Hannah stand vor der Tür. Sie hatte sich kaum verändert, nur ihre Augen wirkten anders, starrer, erwachsener, aber vielleicht kam mir das auch nur so vor.

»Darf ich reinkommen?«

Ich konnte schlecht »nein« sagen. Ich konnte auch nicht verhindern, dass eine wahnsinnige Hoffnung in mir hochschoss, alles könnte plötzlich wieder so werden wie früher. Wir gingen in die Küche, setzten uns. Obwohl wir ganz nah nebeneinander saßen, kam sie mir unendlich weit weg vor. Mein Dad hatte sich eine neue Espressomaschine aus dem Internet geholt und bevor wir jetzt endlos lang dasaßen und uns anschwiegen, bot ich ihr einen Kaffee an.

Sie sagte, »ja gerne.«

Ich machte den Kaffee, kam mir aber bei jeder Bewegung wie eine Marionette vor, an deren Fäden rumgezogen wird. Ich glaub, ihr ging's ähnlich. Nach dem zweiten Schluck stellte sie die Tasse mit einem kleinen Knall auf den Tisch.

»Ich werd ne Therapie machen.«

Das kam wie ein Vorschlaghammer.

»Meinst du – echt? Nur weil du ...«

»Nur?« Sie starrte mich entgeistert an. »Ich hab ne Riesenscheiße gebaut. Es tut mir wahnsinnig leid.«

Es sprudelte plötzlich nur so aus ihr raus. Wie ich ja wisse, komme sie aus einer extremen Patchworkfamilie, ihre Mom habe fünf Kinder mit vier Männern aus drei Nationalitäten. Und da habe sie wohl immer Angst gehabt, nirgendwo so richtig aufgehoben zu sein, aber gleichzeitig sei sie wohl genau daran gewöhnt, immer in Unsicherheit zu leben, ob sie für jemand wichtig sei oder nicht, und deswegen sei das mit mir wohl so ne Art Positivschock gewesen.

Kein Mensch in meinem Leben hat mich bisher als Positivschock bezeichnet. Ich hatte das Gefühl, dass sie bereits ziemlich heftig mit irgendwelchen Therapeuten gequatscht hatte und das war sicher auch gut für sie, aber irgendwie war mir nicht wohl bei dem Gedanken, dass an dem Mädchen, mit dem ich zusammen war, auch noch zig andere rumschraubten. Klar, das war was völlig anderes als ne Affäre, aber je mehr ich ihr zuhörte, all diese klugen Worte, mit denen sie sich sezierte und die sie auf mich einprasseln ließ, desto größer wurde mein Unbehagen, durch ihre Therapie ferngesteuert zu werden, und ich hatte nicht die geringste Lust, mein Innenleben vor jemandem auszubreiten, ganz besonders nicht vor Hannah. Nicht, nach allem, was passiert war. Sie spürte meine Ablehnung und als sie meine Hand nahm, zuckte ich zurück, obwohl ich es gar nicht wollte. Ihre Hand zuckte beinahe gleichzeitig zurück. Unsere Finger waren wie zwei Minuspole. Sie starrte mich an.

»Du weißt es, oder?«

Ich wusste nichts.

»Der Typ hat mich nicht beim Tanzen angequatscht. Ich kannte ihn schon länger.«

»Wie, hier in München?«

Sie nickte. Ich brauchte kurz, um die richtigen Worte zusammenzusuchen.

»Dann wart ihr schon zusammen, als wir für deine Mathearbeit gelernt haben? Oder noch früher?!«

»Ich hab doch gesagt, ich bin ein Arschloch!!«

Da hatte sie allerdings recht.

»Wer?«

»Du kennst ihn nicht. Er ist Pilot.«

»So n Streifenkapitän bei der Lufthansa?«

Ihre Hände hoben sich hilflos.

»Er ist noch in der Ausbildung. Nick, ich weiß ...«

Woher kannte sie den? Wahrscheinlich hatte sie ihn getroffen, als sie das letzte Mal nach Finnland geflogen war, um die Wolle für meinen Geburtstagspullover abzuholen. War auch egal.

»Ist doch cool. Kannst du günstig Urlaub machen.«

Sowas wie Schwefelgeruch stand zwischen uns in der Luft.

»Als ich ihm gesagt hab, dass ich ne Therapie mache, hat er Schluss gemacht. Per Whats App.« Ein Lächeln wie ein Messerschnitt. »Wenn ich gesund bin, darf ich mich wieder melden. Er will sich da nichts verbauen.«

»Du hättest wirklich erstmal rund um die Welt fliegen sollen.«

Ich wollte noch mehr sagen, sie anbrüllen, aber in mir ballte sich alles zu einem Klumpen zusammen und ich brachte kein Wort heraus.

»Ich weiß, mit mir kann man nicht zusammen sein«, flüsterte sie.

Ihr Gesicht schien unter ihren Tränen zu zerfließen und alles wegzuspülen, was sie vorher ausgemacht hatte.

»Und«, meine Stimme fühlte sich merkwürdig weit entfernt an, »denkst du, du machst ne Therapie und wirst auf einmal beziehungsfähig?«

Sie schüttelte heftig den Kopf.

»Warum hast du's mir erzählt?«

»Ich wollte, dass du alles weißt«, murmelte sie kaum hörbar.

Ich hatte eher das Gefühl, sie wollte sichergehen, dass nichts von uns übrig blieb. Ich stand auf, schob den Stuhl zurück. Sie stand auf, schob den Stuhl zurück. Sie ging vor mir zur Tür. Ich öffnete und sie ging die Treppe hinunter. Ich wusste, welche Stufen knarren würden, weil ich die Treppe jahrelang geputzt hatte, um mir mehr Taschengeld zu verdienen. Auf dem Absatz drehte sie sich nochmal kurz um, winkte und verschwand, während ich weiter auf die Stufen wartete, die knarrten.

Erst als es wieder ganz ruhig war, begriff ich: Ich war nicht nur wütend. Ich hatte Angst gehabt. Angst vor ihr, und auch ein klein wenig vor mir. Angst davor, dass ihr dunkler Schatten sich auch auf mich legen könnte.

12

In den nächsten zwei Stunden redete ich mir ein, Hannah dankbar zu sein. Dankbar dafür, dass sie alles so restlos pulverisiert hatte. Es gab wirklich nicht den geringsten Grund, ihr nachzutrauern. Was sie gebracht hatte, konnte ich ihr nie, niemals verzeihen. Und auf keinen Fall würde ich jemals ihr Freund oder sowas sein. Das wäre, als würde man versuchen, mit einem Heftpflaster einen feuerspeienden Vulkan zuzukleben.

Und auf gar Keinen, da war ich mir restlos sicher, konnte ich die Mathearbeit morgen früh schreiben. Allerdings, wenn ich mich krank meldete, brauchte ich ein Attest vom Arzt. Ich hoffte auf Nervenfieber und checkte mich mit unserem Familienthermometer: 36,5! Ich war gespenstisch gesund, obwohl ich mich wegen Hannah total beschissen fühlte. Wie immer helfen in so einer Situation nur die allerbesten Freunde und ich hatte gleich drei: Naldo, Tim und Greg hatten auf Anhieb jedes Verständnis dafür, dass ich psychisch und mental völlig untauglich für mathematische Probleme war und außerdem hatten auch sie nicht den geringsten Bock auf die höchstwahrscheinlich megaschwere Mathearbeit, die mit großer Verspätung als letzte Prüfung vor dem Abi angesetzt war, da unser Lehrer aus gesundheitlichen Gründen, für die er unsere »Renitenz« verantwortlich machte, für längere Zeit ausgefallen war. Jetzt würden wir ihm wirklich einen Grund für ein strapaziertes Nervenkostüm liefern. Naldo hatte übers Internet rausgekriegt, dass unser Pauker als Single in einem kleinen Kaff etwas außerhalb wohnte, wo höchstens zweimal am Tag ein Bus fuhr. Tim hatte daraufhin die Megaidee! Da Naldos Vater günstigerweise im Baugewerbe tätig war (wir nervten ihn immer mit Jokes über seine angebliche Mafiazugehörigkeit), waren auch die Zutaten zur optimalen Planausführung schnell besorgt.

In weniger als zwei Stunden mauerten wir mit Fertigbetonplatten das Garagentor unseres Mathelehrers bis in die letzte Ritze zu. Zufrieden betrachteten wir unser Werk und Greg schmückte es mit einem Graffiti der berühmt-berüchtigten Mitternachtsformel. Naldo meinte, die Mauer würde selbst einem russischen Artillerieangriff standhalten. Obwohl er noch keinen Führerschein besaß, steuerte er den Baulaster seines Vaters souverän in die Firmengarage zurück. Da wir am nächsten Morgen nichts zu befürchten hatten, stießen wir noch mit einigen Shots auf unser erstes gemeinsames Bauprojekt an. Ich schwöre, ich hab in diesen drei Stunden nicht ein einziges Mal an Hannah gedacht und dank der Shots schlief ich tief und traumlos. Am nächsten Morgen radelte ich megaentspannt in die Schule. Während die anderen ängstlich in den Matheaufzeichnungen blätterten und sich die Formelsammlung einzuhämmern versuchten, grinsten Naldo, Greg, Tim und ich uns siegessicher zu. Unser Grinsen wurde nur noch von dem unseres Mathelehrers übertroffen, der pünktlich das Klassenzimmer mit den Prüfungsaufgaben betrat: »Stellt euch vor, bei meinem Nachbarn hat jemand das Garagentor zugemauert! Mit Fertigbeton! Die Feuerwehr hat mit Presslufthämmern eine Stunde gebraucht um ein faustgroßes Loch zu bohren!«

Er verteilte die Aufgabenblätter. Zunächst dachte ich, mein Herz würde stehenbleiben, aber dann überkam mich völlige Ruhe. Ich löste sogar den c) Teil. Ich fühlte mich gut, aber irgendwie nicht so richtig da. Es war wie so ne Art Weltraumspaziergang durchs Leben.

13

Auf dem Pausenhof verglichen wir einige unserer Ergebnisse und stellten rasch fest, dass jeder was anderes ausgerechnet hatte. Wir wollten uns deswegen aber nicht zu sehr stressen und Naldo zeigte uns ein frisch zugezogenes Mädchen, auf das er sein sizilianisches Auge geworfen hatte: Julia aus dem Wirtschaftsseminar, blond, sportlich, mit Gesichtszügen, die mein Opa unter Garantie dem griechischen Schönheitsideal zugeordnet hätte.

Greg erinnerte Naldo zaghaft daran, dass er seit drei Monaten mit Antonia was am Laufen hatte.

»Ja, Mann Alter, daran siehst du, was für ne Granate sie ist! Antonia über alles, aber trotzdem … sieh dir diese Lippen an!«

»Welche?«

»Die, die du sehen kannst, Idiot!«

Unterstützt von etwas Lipgloss leuchteten Julias Lippen tatsächlich so verführerisch in der Vormittagssonne, als könnte sie jeden zukünftigen Aktieninteressenten mühelos zum uneingeschränkten Ankauf verführen. Im Augenblick beschränkte sich ihr Lächeln aber noch darauf, uns in ihren Bann zu schlagen und so schmiedete Naldo einen Verführungsplan, in dem der kleine Mopshund, der Julia, beziehungsweise ihren Eltern, gehörte, eine zentrale Rolle spielen sollte.

Deswegen lieh er sich von seinem Onkel den angeblich ganz zahmen Dobermann »Klitschko« aus, um über eine Hundebegegnung im Park den ersten Kontakt zu knüpfen. Ich fragte mich, warum Klitschko ein Stachelhalsband tragen musste, wenn er so brav war, aber Naldo erklärte, dass sein Onkel damit erreicht habe, dass der Hund aufs Wort folge und wir von Hundeerziehung keine Ahnung hätten. Dazu muss ich sagen, dass ich, seitdem ich laufen kann, absoluter Hundenarr bin. Einer der wenigen Wünsche, die mir die Mur nie erfüllt hat, war, mir einen Hund zu kaufen. Mir war jedenfalls auf Anhieb klar, dass Naldos ständiges Leinereißen dem bedauernswerten Klitschko nicht sonderlich gefiel. Wir sichteten Julia und ihren Mops erwartungsgemäß am Isarhochufer und sie sah uns offensichtlich auch, denn sie blieb stehen, beugte sich zu ihrem Hund herunter und streichelte ihn liebevoll. Naldo war nicht mehr zu bremsen.

»Mann, Digga, stell dir vor, du bist dieser Mops!«

Er riss Klitschko mit einem barschen »Fuß!« zu sich her. Wahrscheinlich wollte er Julia vorführen, wie gut erzogen sein Hund war. Das war dem armen Klitschko aber endgültig zu viel. Mit einem Satz sprang er an dem völlig überraschten Naldo hoch, versetzte ihm mit der Schnauze einen kräftigen Kinnhaken und riss sich los. Vielleicht hatte er Naldos letzten Satz verstanden, jedenfalls stürmte er wie besessen auf Julias kleinen Mops zu. Wir liefen laut schreiend hinterher, wobei einige Passanten Naldos laute »Klitschko!« Rufe möglicherweise als eine Sympathiebekundung für die Ukraine werteten. Julia sah das Unheil kommen und stellte sich schützend vor ihren Hund, doch Klitschko umkurvte sie mit geradezu überheblicher Lässigkeit und fiel mit schmatzenden Zungenküssen über den Mops her. Der verfiel in eine Art Schockstarre und Julia traute sich nicht, ihn dem riesigen Dobermann wegzunehmen. Ich hatte noch nie Angst vor Hunden. Ich ergriff Klitschkos Leine, riss aber nicht daran, sondern redete beruhigend auf ihn ein. Gleichzeitig zog ich ihn langsam von dem Mops weg, der umgehend in Julias Armen Schutz suchte. Klitschko war offensichtlich sauer, weil man ihn nicht mit dem kleinen Mops spielen ließ, aber es gelang mir, ihn mit weiteren Worten und Streicheleinheiten zu beruhigen, ohne dass er nach mir schnappte. Julia war sichtlich beeindruckt von mir, vor allem, nachdem sie erfahren hatte, dass Klitschko gar nicht mein Hund, sondern der von Naldo war.

»Der von meinem Onkel«, versuchte Naldo

sich zu retten. Doch Julia war weder von Klitschko noch von Naldo sonderlich angetan.

»Bist du nicht mit Antonia zusammen?«, fragte sie spitz. Anschließend fixierten ihre strahlend blauen Augen mich. »Mein Spaziergang ist noch nicht zu Ende.«

Wie sollte ich da ablehnen? Und so mussten Naldo, Greg und Tim Klitschko alleine nach Hause bringen, während Julia, ihr Mops »Daisy« und ich in die andere Richtung pilgerten. Ich drehte mich um und sah, wie Klitschko bereits wieder an Naldo hochsprang.

»Er kann einfach nicht mit Hunden umgehen.«

Julia folgte meinem Blick.

»Wenn's nur Hunde wären …«

Sie sagte es nicht gehässig, sondern mit so einer sanften Ironie, die mir gefiel. Interessanterweise wusste sie bereits, dass ich mit Hannah zusammen gewesen war. Auch sie hatte sich vor drei Monaten von ihrem Freund getrennt, kurz bevor sie mit ihren Eltern nach München gezogen war.

»Für ne Long-Distance-Beziehung Hamburg – München waren wir einfach noch nicht reif genug, da hab ich lieber vorher für klare Verhältnisse gesorgt. Wir waren zwei Jahre zusammen, da hatte sich auch einige Routine eingeschlichen, für die ich noch viel zu jung bin. Hoffe ich jedenfalls.«

Sie wirkte sehr erwachsen auf mich, vielleicht sogar etwas altklug. Aber sie vermittelte mir das Gefühl, dass das Leben weiter geht, und dass es was Gutes sein kann.

»Und was machst du, wenn du nicht gerade den Hundeflüsterer spielst?«

Fußball und FIFA zocken kommt bei den meisten Mädchen nicht so supergut an, aber es hat ja auch keinen Sinn, auf Literat oder Songwriter zu machen, wenn man es definitiv nicht ist.

»Ich spiel ganz gern Fußball.«

»Fußball ist mir zu laut, ich reite lieber. Kannst mich ja mal im Stall besuchen.«

Sie schenkte mir ein letztes Lächeln, ehe sie nach Hause musste.

»Vielleicht kannst du ja auch gut mit Pferden umgehen?«

14

Erstmal hatte ich andere Sorgen. Wir kriegten unsere Mathearbeit zurück und ich hatte ganze zwei Punkte. Irgendwie hatte ich schon geahnt, dass mein Weltraumspaziergang im Abgrund enden würde, aber so brutal in der Realität anzukommen, das tat weh.

Zum ersten Mal hatte ich das Gefühl, erwachsen zu sein. Es fühlte sich beschissen an. Wie ein Fahrrad, das nur noch im höchsten Gang läuft.

Natürlich hasste ich Hannah, gab ihr für alles die Schuld. Ich lamentierte so lange rum, bis Mike mich anschrie: »He Alter, nicht sie schreibt dein Abi, sondern du! Du musst es auf die Reihe kriegen! Und jetzt hilf mir die Spülmaschine einräumen!«

Als mein Dad sich bei einem seiner Kumpel im Sportverein erkundigte, ob ich nicht ne Bäckerlehre anfange könnte, falls ich das Abi nicht schaffte, wusste ich, jetzt war Ende mit lustig: Bäcker! Um vier Uhr aufstehen und den ganzen Tag in Mehl und Teig wühlen – dann lieber Iphigenie!

Wir intensivierten unsere Lerngruppe, und was echt klasse war, alle machten mit. Keine

Kopfballpausen und kein FIFA mehr! Naldo fragte mich die Englischvokabeln ab, ganz ohne Denglisch, Greg gab mir mein Selbstbewusstsein in Mathe wieder, nachdem wir zusammen zwei c) Teile gelöst hatten und Tim lernte Deutsch mit mir. Er brachte sogar Bongos mit, damit ich endlich den Unterschied zwischen einem Jambus (zweite Silbe betont) und einem Trochäus (erste Silbe betont) begriff. Und das alles, obwohl der Frühling draußen auf uns wartete und Julia mich bereits zweimal gefragt hatte, ob ich ihr nicht mal beim Reiten zusehen wolle. Aber ich wusste, ich konnte jetzt keinerlei Ablenkung brauchen und außerdem hatte ich Hannah immer noch nicht vergessen. Es war vertrackt, manchmal dachte ich gar nicht an sie, aber dann kam es wieder, wie so ein Schub, und ich lag stundenlang im Bett und überlegte, ob ich doch nochmal mit ihr reden sollte, nur um immer wieder zu dem Schluss zu kommen, auf keinen Fall! Ich weiß nicht, wie oft ich mir die coolsten Tore von Miro Klose ins Gedächtnis rufen musste, um einschlafen zu können, denn meinen Schlaf brauchte ich, um so hart lernen zu können.

15

Das Abi lief besser als erwartet. Es kam sogar was mit Iphigenie dran, aber um das Thema Verzeihen machte ich einen großen Bogen. Ich schrieb lieber über Rilkes »Der Panther«. Ich trommelte das Versmaß so lange auf meiner Stuhlkante, bis ich ganz sicher war: Fünfhebiger Jambus, und ich schnallte sogar, dass es ne vierhebige Ausnahme im letzten Vers gab.

Ich dachte an Hannah und dass es Menschen gibt, die hinter den Stäben einer Krankheit eingesperrt sind. Erst traute ich mich nicht, aber dann schrieb ich es doch hin: Es sind häufig besonders leidenschaftliche und gefühlvolle Menschen, die man hinter solchen Stäben entdecken kann. Sie können gefährlich sein, wie der Panther, für sich und andere, aber sie können einem auch unheimlich viel geben.

Ein paar Paukern hat's wohl gefallen, was ich hingekritzelt hatte, jedenfalls war's meine beste Deutschnote, elf Punkte.

Ein paar Wochen später drückte uns der Schulleiter unser Abizeugnis in die Hand. Die Dosch stand mit gefalteten Händen daneben, und ich glaube, sie freute sich mehr darüber, dass alle bestanden hatten, als wir. Wahrscheinlich, weil sie uns endlich los war.

Mein Dad, Mike und die Mur hatten sich die Zeugnisvergabe natürlich nicht entgehen lassen. Mein Dad konnte vor Erleichterung, dass ich bestanden hatte, kaum laufen, und auch die Mur war selig. So hatten sie dank meiner Wenigkeit wenigstens einen kurzen Glücksmoment, ehe sie wieder im Stellungskrieg ihrer Scheidung versanken. Aber da heute, wie mein Dad betonte, »mein Tag« war, hielt er sich bis auf ein paar spitze Bemerkungen zurück. Selbst Mike freute sich für mich, obwohl mein Abischnitt um 0,4 besser war als seiner.

Wir gingen dann noch zusammen essen. Die beiden versuchten, auf Sonnenschein zu machen, aber es war trotz allem ziemlich frostig. Mike und ich verdrückten eine Megapizza. Anders war's nicht auszuhalten. Ich weiß nicht, ob meine Mur und mein Dad jemals wieder normal miteinander reden können. Im Augenblick sah's nicht danach aus, obwohl sie sich alle Mühe gaben. Ich stellte mir kurz vor, wie's wäre, wenn Hannah und ich jetzt am Tisch säßen, das wäre auch nicht besser! Mit dem Verzeihen ist das einfach so ne Sache: Wenn man's nicht kann, geht's halt nicht und vielleicht ist's dann besser, man brüllt sich an oder man geht sich einfach aus dem Weg. Es gibt eben Probleme, für die gibt's keine Lösung. Das war ein Gedanke, bei dem mein Erwachsenenrad gleich mal wieder einen Gang hochschaltete. Warum konnte man nicht immer jung bleiben, ohne solche Scheißprobleme?

Sowas Ähnliches dachten glaub ich alle und dementsprechend verlief unser Abiball. Alle hatten sich für den Abend in Schale geworfen und natürlich hatten die Bros und ich bereits gründlich vorgeglüht. In der Aula wurde heftig abgetanzt und Julia warf mir immer wieder einen Blick zu, aber ich hatte das Gefühl, es sei gut, sie noch ein wenig auf Distanz zu halten. Außerdem wurde ich von Greg und Tim in wilde Eingeborenentänze verwickelt, denen rasch alle unsere Jacketts zum Opfer fielen. Höhepunkt war natürlich das große Lagerfeuer auf dem Lehrerparkplatz. Alle Lehrer hatten ihr Auto weggefahren, bis auf die Dosch, die es wieder mal verpennt hatte. Also trug der halbe Jahrgang kurzerhand ihren altersschwachen Fiat 500 ins Halteverbot und als sie nach all den superklugen Ratschlägen, die sie unseren Strebern noch verpasst hatte, endlich rauskam, hatten die Cops bereits ihr Auto abgeschleppt. So blieb uns wenigstens erspart, dass sie auch uns mit schiefgelegtem Kopf und weiteren Ratschlägen nervte. Sie beschränkte sich auf den Satz: »Ihr wisst, dass ihr nur ein ganz kleines Lagerfeuer machen dürft«, ehe sie Richtung Polizeirevier abdampfte.

Die Autoaktion war der ideale Katalysator für

den weiteren Verlauf der Feier. Alle redeten über ihre Zukunft, aber keiner hatte einen Plan, außer unserem Oberstreber, der erwartungsgemäß Medizin studieren wollte. Ich dachte kurz an Hannah und ob sie noch Kinderärztin werden würde, verdrängte den Gedanken aber schnell wieder. Hannah war raus aus meinem Leben und auch das sollte ich feiern. Nach zwei weiteren Bier wollte der Oberstreber unbedingt mein Geständnis, dass ich ihm in der neunten von hinten den großen Erdkundeatlas über den Schädel geschmettert hatte. Ich war fassungslos.

»Warum willst du das denn jetzt noch wissen?«

Ich spürte seine niedlichen, teigigen Finger auf meiner Hand.

»Damit ich dir verzeihen kann.«

Ich konnte mich noch deutlich daran erinnern, dass es Tim gewesen war, aber das würde ich ihm natürlich nie erzählen. So musste er ohne Vergebung den weiteren Abend verbringen, schüttete sich noch zwei Bier rein und ließ sich dann von den zwei gutmütigsten Mädchen aus unserem Jahrgang beim Kotzen helfen.

Natürlich machten wir das Feuer megahoch, sodass die Flammen fast bis zum Klassenfenster im ersten Stock reichten. Ein paar Stunden später waren sie runtergebrannt und natürlich mussten jetzt alle übers Feuer springen, und natürlich fiel Tim mitten rein. Mitten rein ist etwas übertrieben, wir konnten ihn rasch rausziehen und er war nur leicht angekokelt, aber da er, seitdem er sein Portemonnaie endgültig nicht mehr finden konnte, sein Geld immer lose in der Tasche mit rumschleppte, verbrannten seine zwei letzten Geldscheine. Immerhin kreierte er aus dem Vorfall seinen ersten Berufswunsch: »Ich werd Banker, Alter! Dann verbrenn ich nur noch das Geld anderer Leute!«

Aus dem Augenwinkel konnte ich sehen, wie Julia sich am Parkplatzeingang von ihren vornehm gekleideten Eltern verabschiedete. Auch Julia war elegant gekleidet, aber nicht zu elegant. Sie trug ein blaues Sommerkleid, das ihr blondes Haar optimal zur Geltung brachte. Zunächst unterhielt sie sich mit einigen anderen Leuten, genauso wie ich. Dann waren wir lange genug umeinander rumgeschlichen und standen uns gegenüber. Sie beglückwünschte mich zu meinem Abitur: »Viele waren schon immer gut, da ist es nichts Besonderes, wenn sie auch ein gutes Abi machen, aber du hast dich echt gesteigert, Nick. Ich wusste gleich, dass du's drauf hast.«

Keine Ahnung, woher sie schon wieder wusste, welchen Abi-Schnitt ich hatte, aber das war typisch Julia. Sie kam irgendwie immer an alle Informationen, die sie brauchte. Da ich meinen Schlafsack vergessen hatte, setzten wir uns auf ihre Isomatte ans Feuer. Ich war froh, dass sie mich nicht nach meinen Zukunftsplänen fragte.

Stattdessen erzählte sie ganz selbstverständlich von ihren. Sie würde BWL studieren. Ihr Vater arbeitete in einer großen Vermögensverwaltung, da war ihr bereits ein Praktikumsplatz sicher. Gleichzeitig koordinierte sie die Verteilung von Essen und Getränken, schickte Leute los, um Biernachschub an der nächsten Tanke zu holen. Selbst das Brennholz hatte sie im Auge. Und natürlich war ihr Schlafsack groß genug für uns beide. Sie war genau das, was Hannah gerne sein wollte: Perfekt.

16

Das Dumme war nur, je näher ich Julia kennenlernte, umso mehr musste ich wieder an Hannah denken. Es war verhext und gemein: Ich schwör, ich wollte es nicht, aber irgend so ne eingebaute Waage in mir verglich die beiden immer wieder. Die Skala zeigte unbarmherzig: Julia war hübscher, aber sie überraschte mich nicht. Ich wusste immer, was sie sagen, was sie tun würde. Bereits nach zwei Wochen waren wir wie ein altes Ehepaar. Wir gingen spazieren. Wir tranken Tee. Und ich musste mir eingestehen, gerade das Unperfekte hatte mich an Hannah gereizt, ja, auch ihre Traurigkeit. Während einem unserer Spaziergänge mit Mops Daisy entdeckte ich eine faustgroße Papierkugel am Wegrand. Hannah und ich hätten uns die Kugel zugespielt. Bei Julia machte ich nichtmal den Versuch. Die sinkende Sonne fand uns gemeinsam auf einer Bank. Wir küssten uns lange und Julias Zunge war echt virtuos. Anschließend flüsterte sie: »Der Sonnenuntergang ist heute besonders schön. Findest du nicht auch?« Ich beeilte mich zuzustimmen. Während wir uns erneut küssten, dachte ich: Hannah hätte nicht fragen müssen. Sie hätte es einfach gewusst.

Nachdem Julia sich von mir die Zusicherung geholt hatte, dass wir jetzt ein Paar waren und das
auch überall verkündet hatte, stellte sie mich an
einem Sonntag ihren Eltern vor. Die Sache stand
von vorneherein unter keinem guten Stern. Es
ging schon damit los, dass ich normalerweise
eine zugegebenermaßen etwas ausgeleierte Jog-
ginghose trage, die superbequem ist. Julia bestand
für das Treffen auf einer relativ neuen Jeans, die
sich dank zu wenig Training – immerhin hatte
ich die letzten Monate hart gelernt – unbequem
um meinen Bauch spannte. Mir war also schon
unwohl, bevor wir die superschicke Harlachin-
ger Wohnung ihrer Eltern überhaupt betreten
hatten. Sie wirkte wie aus einem eleganten Ka-
talog und war so sauber, dass ich mich nichtmal
auf die Toilette zu gehen traute.

Julias Vater bot mir einen Sherry an und als
ich unter Hinweis auf mein Training ablehnte,
lachte er nur und meinte, ihre Tochter habe ihnen in den lebendigsten Farben geschildert, was
für ein Crack ich beim Bierpongspielen sei. Falsche Bescheidenheit sei also durchaus unan-
gebracht. Ich spürte, wie ich trotzig wurde. Julia
hatte ihren Eltern also bereits alles Mögliche
über mich erzählt, und durchaus auch Sachen,
die sie nur vom Hörensagen kennen konnte,
denn sie war bei keinem einzigen meiner Bier-
pongtriumphe dabei gewesen. Wie ein Blitz stand
die Erinnerung an die gemeinsame Silvesternacht

mit Hannah vor meinen Augen. Ich konnte ihre Hand in meiner fühlen und die Kälte auf unserer gemeinsamen Bank. Und so überhörte ich einfach die Frage von Julias Vater, was ich studieren wolle. Es schien sich auch keiner übertrieben dafür zu interessieren. Für Julia gab es ohnehin nur einen im Raum, der ihre gesamte Aufmerksamkeit verdiente: Daddy war der Allergrößte! Daddy wusste, welchen Wein man zu welchem Essen trinkt, wo man am besten Urlaub macht, und was man in Florenz unbedingt gesehen haben musste. Während des zweiten Gangs unseres Viersternemenüs gab Julias Mutter die große Überraschung bekannt: Zur Belohnung für Julias glänzendes Abitur – sie hatte mit 1,3 das drittbeste Abi der Schule – durften wir für eine Woche in das Ferienhaus ihrer Eltern in der Toskana. Julias spitzer Jubelschrei mündete in heftige Umarmungen, zuerst von Daddy, dann von Mom und am Ende von mir, sodass mir ein Stück schottisches Lachsfilet vom edlen Besteck auf die Tischdecke fiel. Während alle beteuerten, wie unwichtig ein solcher Fleck sei, sagten die Blicke von Julias Mutter etwas anderes, als sie den Fleck von der handbestickten Tischdecke entfernte. Julia schwärmte währenddessen von den Marmorfliesen in der Toskanaküche.

»Genau solche Fliesen will ich später auch mal, Schatz.«

Im ersten Moment dachte ich, sie spräche mit

ihrem Vater, aber der Satz war tatsächlich an mich gerichtet. Sie hatte noch nie »Schatz« zu mir gesagt, und ich verspürte auch kein gesteigertes Verlangen auf eine Wiederholung. Manchmal weiß ich nicht genau, warum ich Sachen mache, ich weiß dann nur, dass ich sie jetzt und sofort tun muss. Deswegen sagte ich: »Mir ist jetzt eingefallen, was ich mal werden will: Fußballprofi!«

Julia lachte betont laut und ihre Eltern stimmten ein. Zu viert stießen wir mit einem fünftausend Jahre alten Grappa auf meine Karriere als Fußballprofi an. Am besten in Florenz, meinte Julia, dann könnten wir immer in der Toskana wohnen.

Als sie mich zur Haustür brachte, fand Julia meinen Berufswunsch sehr viel weniger lustig. »Du musst hier nicht den Klassenclown spielen. Wir sind nicht mehr in der Schule.«

Danke, Frau Lehrerin, hätte ich beinahe gesagt. Aber ich sah sie nur an und stellte verwundert fest, wie sich ihr hübsches Gesicht in eine altjüngferliche, denkbar unerotische Maske verwandelte.

»Du hast mir doch erzählt, du willst Lehrer werden.«

Das hatte ich in der Tat. Nur um zu widersprechen, verwandelte ich meinen Berufswunsch spontan in Sportlehrer. Das war neu für Julia, aber sie hatte, gemeinsam mit dem bereits routinierten Abschiedskuss, sofort wieder einen neuen Rat für mich: »Sport und Mathe, das ist die optimale Kombi. Und vielleicht noch Wirtschaft, da kann ich dir beim Examen helfen.«

Die Haustür schloss sich sanft und liebevoll. Mir wäre lieber gewesen, sie hätte sie zugeknallt. Sie ging mir auf die Nerven damit, dass sie immer alles besser wusste.

Nach einem ersten vorsichtigen Test in unserem Freizeitpark am Reck (die Kippe war Pflicht für die Aufnahmeprüfung beim Sportstudium) verrenkte ich mir den Rücken so sehr, dass die Mur mich eine Stunde lang verarzten musste. Entsprechend kritisch sah sie meine sportlichen Pläne. Ich sei einfach zu groß und zu steif, die Prüfung im Turnen würde ich niemals schaffen. Sie drückte meine Rippen behutsam wieder in eine einigermaßen schmerzfreie Richtung.

»Warum studierst du nicht Grundschullehrer? Du kannst doch so gut mit kleinen Kindern.«

Das war genau die Idee, die Hannah für mich gehabt hatte, und alleine deswegen konnte ich sie nicht realisieren. Ich musste ohnehin viel zu häufig an sie denken. Aber das konnte ich der Mur natürlich nicht sagen.

»Mike sagt, da krieg ich nur n Taui pro Monat.«

Die Mur griff sich eine meiner Schultern und ich jaulte kurz auf.

»Geld ist nicht das Wichtigste!«

Das war einer ihrer Nullcheckersätze, die mich total auf die Palme brachten.

»Doch, megawichtig! Und wenn du das früher geschnallt hättest, würdest du heute nicht für 1200 im Monat Bettpfannen ausleeren!«

Natürlich war das ungerecht, denn die Mur hatte sich in erster Linie immer um Mike und mich gekümmert und auf die große Karriere verzichtet, aber ich kann nunmal diesen Super-alternatividealismus nicht ab, der komplett an unserer Alles-dreht-sich-nur-um-Kohle-Welt vorbeigeht. Und häufig ist er auch nur ne faule Ausrede, weil man's eben nicht draufhat, die große Kohle zu machen. Das sagte ich der Mur allerdings nicht, denn sie war wegen meinem Kommentar schon verletzt genug. Sie sagte nichts, sondern sah mich nur mit diesen großen Augen an, die noch ne Gradzahl trauriger waren als sonst und ich entdeckte, dass die Falten in den Winkeln noch etwas tiefer geworden waren, seitdem ich das letzte Mal genau hingesehen hatte. Ich tu mich immer schwer mit Entschuldigungen, keine Ahnung wieso, also nahm ich sie zum Abschied in die Arme und drückte sie ganz fest. Ich denke, wir fühlten uns beide danach besser, aber an meiner negativen Grundstimmung änderte sich nichts. Ich spürte einen schwarzen Magnet, der mich immer mehr in eine Art Geisterbahn reinzog, in der ich so ekelhafte Haltestellen passierte wie meine Zukunft als Grundschullehrer (mit einem Haufen schreiender Gören), als Gymi-Lehrer (meine Schüler stellten mir das Auto ins Halteverbot), einer Horrorszene beim Anwalt, wo ich einen Ehevertrag unterschrieb (Julia hatte mir bereits ausführlich den Ehevertrag ihrer Eltern erklärt) und nach der letzten Kurve tauchte dann auch noch Hannah auf, die einfach nur bleich und reglos dasaß, wie zu Stein erstarrt.

Das Schlimmste war aber gar nicht der Horror, beziehungsweise der größte Horror daran war, dass alles so normal und langweilig war. Es war so ne Geisterbahn mit Geschwindigkeitsbegrenzung und FSK 12.

Ich wusste, ich konnte mein Leben lang in dieser Geisterbahn sitzen bleiben, aber bei dem Gedanken hatte ich das Gefühl, das Erwachsenenfahrrad in meinem Kopf würde nochmal drei Gänge hochgeschaltet.

Ich musste was Besonderes machen.

Also ging ich mit Mike und den ausgedruckten Sportprüfungsaufgaben zum Klettergerüst in unserem Freizeitpark. Auf dem Papier sah alles so megaeinfach aus. Mike kapitulierte nach einigen Versuchen bei der Kippe.

»Digga, das ist ja voll krank. Ich bin doch kein Schlangenbeschwörer. Jetzt du.«

Wir richteten uns exakt nach der Youtube-Anleitung, er wuchtete mich nach oben, aber selbst nach einer Stunde kam ich ohne seine Hilfe nicht mit ausgestreckten Armen über die verdammte Querstange. Mike schüttelte keuchend den Kopf.

»Gib's auf. Sonst fallen wir beim nächsten Spiel beide aus.«

Es war nicht zu fassen, aber Tatsache: Zwei ambitionierte Freizeitkicker scheiterten an einer verdammten Querstange.

Ich hatte das Gefühl, mein Leben sei eine einzige Niederlage, alles ging schief.

Gleichzeitig war Julia gespenstisch guter Laune und machte Pläne für den August: Unser Urlaub im Superhaus ihrer Eltern in der Toskana war bereits bis zum letzten Tag durchgetaktet. Allein bei der Anzahl der verschiedenen Museumsbesuche schwirrte mir der Kopf. Eines Morgens lähmte mich die Aussicht auf so viel Freizeitstress so sehr, dass ich nicht mehr aus dem Bett kam. Ich hatte auf nichts mehr Bock, nichtmal auf FIFA zocken, alles langweilte mich. Und dabei musste ich immer öfter an Hannah denken.

17

Mein erster Gedanke war, ich bin krank: Ich habe Julia, die Frau um die mich jeder beneidet, und ich denke daran, zu einer Frau zurückzukehren, die mega Probleme hat. Leider musste ich mir eingestehen, dass ich ziemlich chronisch krank war. Hannah ging mir einfach nicht aus dem Kopf, und je mehr ich über sie und mich nachdachte, umso schwieriger wurde es, bis bereits aus der einen Entscheidung, ob ich sie nicht mal anrufen sollte, ein solcher Berg an »vielleichts« und »wenns« und »abers« geworden war, dass ich echt froh war, die besten Kumpels der Welt zu haben. Das Problem ist nur, wenn man drei beste Kumpels hat, bekommt man ungefähr zehn verschiedene Ratschläge. Naldo konnte es überhaupt nicht fassen, dass ich auch nur eine Millisekunde daran dachte, mit Hannah weiterzumachen, wo er mir doch gerade großzügigerweise seine Traumfrau Julia überlassen hatte.

»Mann, Alter, Hannah hat dich betrogen, das kannst du nicht verzeihen, sonst wird sie nie mehr Respekt vor dir haben!«

»Als ob du noch nie Antonia betrogen hast«, warf Tim ein.

»Digga, das ist ein Universum an Unterschied! Ich hab italienisches Blut, ich bin Jäger und Sammler, ich muss gelegentlich ne andere Pizza essen! Aber das behalt ich für mich, damit würd ich meine Freundin niemals belasten!«

Jetzt brach erstmal ne angeregte Diskussion darüber los, ob es besser sei, einen Fehltritt zu verschweigen – was für mich und Tim so viel hieß wie lügen – oder nicht. Naldo vertrat leidenschaftlich die Ansicht, dass Verschweigen was anderes sei als Lügen, bis Greg unschuldig einwarf: »Und was sagst du, wenn sie dich fragt?«

»Sie wird mich nie fragen, du Loser, weil ne Frau, die mit mir zusammen ist, hell genug ist, um zu begreifen, das so ne Frage total sinnlos ist, alles kaputt macht!«

Greg blieb hartnäckig: »Und wenn sie dich doch fragt?«

Naldo schüttelte den Kopf, als seien wir alle begriffsstutzig: »Dann muss ich entscheiden: Ist sie mir so viel wert, dass ich lüge?«

Ich fand, dass es in dieser Diskussion viel zu sehr um Naldo ging, und das fanden Tim und Greg auch.

»Also ich find Hannah klasse.«

Tim rief ihre Insta-Seite auf, die Hannah beim Fußballspielen zeigte.

»Sie schlägt die besten Flanken im ganzen Verein, aber trotzdem, wenn sie so viele Probleme hat, hätte sie ne Therapie anfangen müssen, bevor sie dich betrügt, nicht hinterher. Also ich würd ihr nur noch schreiben, allerhöchstens.«

Greg blätterte in seinem alten Matheheft, als würde dort die Lösung stehen.

»Aber wenn du ihr schreibst, erinnerst du dich dauernd an sie.«

Naldo war nur noch am Gestikulieren.

»Alter, die Sache ist klarer als sonnenklar! Wenn schon jemand mit diesem ganzen Polyamore-Quatsch anfängt ...«

»Polyamorie«, korrigierte Tim.

»Digga, scheißegal, dann würde ich mich sehr ernsthaft fragen, ob ihr jemals ne monogame Beziehung hattet.«

»Du bist ja der absolute Spezialist für Monogamie!«

Bevor es weiter um Naldos Treuepunkte ging, fiel allen ein, dass Hannah und ich uns im Verein ohnehin über den Weg laufen würden. Sie beschworen mich, trotzdem nicht, niemals, mit Fußball aufzuhören. Das hatte ich auch gar nicht vor, aber es tat trotzdem gut, von den Kumpels eine Runde mental umarmt zu werden.

»Wir schirmen dich ab«, sagte Tim.

»Immer, Bro«, sagte Greg.

»Du bist der schlechteste Manndecker, den ich kenn«, sagte Naldo und schubste Greg zur Seite, um mir zwei echt sizilianische Küsse auf die

Wange zu drücken, wobei er den Paten zitierte: »Fredo, du brichst mir das Herz!«

Als es dann zur endgültigen Abstimmung kam, votete Naldo total gegen Hannah, Tim war für Schreiben und Greg für Freundschaft ohne Sex. Dafür kassierte er einen Schlag auf den Hinterkopf von Naldo.

»Freundschaft mit ner Frau ohne Sex«, schrie Naldo, »das ist wie ficken ohne Schwanz!«

Das fanden wir anderen natürlich idiotisch, aber als ich alleine mit dem Fahrrad die letzten Meter zu unserer Wohnung fuhr, musste ich Naldo insgeheim ein kleines bisschen Recht geben. Ich hatte keine Lust, einfach nur Hannahs Freund zu sein. Dafür war es viel zu schön gewesen, sie zu berühren.

Mike lernte noch in seinem Zimmer für den nächsten Schein seines Jurastudiums. Allein wenn ich die ganzen Bücher sehe, die er um sich rum liegen hat, wird mir schon schlecht. Wie kann jemand auch nur versuchen, das alles in seiner Birne unterzubringen? Da ist doch gar kein Platz mehr für nichtjuristische Gedanken. Aber schließlich, zu was lässt man sich all die Jahre von nem großen Bruder knechten, wenn er einem in solchen Situationen nicht mit Rat und Tat zur Seite steht?

Mike sah die Sache ganz als Jurist. Er fand's gut, dass Hannah sozusagen ein Geständnis abgelegt habe. Und die Therapie, das wär für ihn wie so ne Art Bewährung mit Resozialisierung. Das könne schon ganz hilfreich sein, aber bei Strafgefangenen sei die Rückfallquote sehr hoch. Mir platzte jetzt wirklich der Kragen.

»Mann, Hannah ist doch keine Knastschwester! Ich will wissen, ob ich noch mit ihr zusammen sein kann?!«

Mike seufzte tief und steckte sich einen Kugelschreiber in den Mund. Das macht er immer, wenn er besonders intensiv nachdenkt.

Schließlich sagte er: »Ich könnt's nicht. Aber es ist wirklich deine Sache.«

Toll! Jetzt war ich genauso schlau wie vorher. Eigentlich war mir klar, ich musste es entscheiden. Allein der Gedanke, dass Hannah mich nochmal betrügen könnte, ließ solche Gewitterwolken der Angst in mir aufsteigen, dass mir die Benachrichtigung der Mur auf meinem Display wie eine Erlösung vorkam. Aber nur bis ich den Text las. Die Mur wollte mit Mike und mir an einem der nächsten Wochenenden eine kleine Wanderung machen. Klein war unterstrichen, aber ich hatte trotzdem denkbar wenig Bock. Also blockte ich für die nächsten zwei Wochen erstmal ab.

Hannah kam nicht zum nächsten Training, und zum übernächsten auch nicht. Eine ihrer Freundinnen erzählte, sie sei jetzt in einer therapeutischen WG. Ob ich ihre Nummer wolle. Ich zuckte die Achseln. Sie gab sie mir trotzdem, »für alle Fälle«. Ich nahm das als so ne Art Wink des Schicksals und rief sie an. Ihre Stimme klang heller als früher. Aber sie machte mehr Pausen. Ich fragte sie, ob sie wegen mir nicht mehr zum Fußball komme. Sie sagte, nein. Dann machte sie wieder eine Pause. Ich fand die Pause total unerträglich, deswegen sagte ich: »Also, ich wollt nur sichergehen, dass du nicht wegen mir nicht mehr ins Training kommst.«

»Nein, nein«, hörte ich ihre Stimme. »Ich soll mich hier erstmal ganz auf mich konzentrieren. Sobald das vorbei ist, komme ich wieder.«

»Und, wann wird das sein?«

»Weiß ich noch nicht.« Wieder eine Pause. »Kannst mich ja mal hier besuchen.«

Ich fühlte einen kleinen Stich in der Herzgegend, aber er war nicht stark genug für meinen Panzer.

»Das ist, glaube ich, keine so gute Idee«, sagte ich. Wir legten auf. Ich fand, ich hatte ne vernünftige Entscheidung getroffen. Alle meine rationalen Pfeile zeigten auf Julia. Ich rief sie an und sagte den Toskanaurlaub zu. Sie war fast ein bisschen eingeschnappt, weil ihr erst in dem Moment klar wurde, dass ich mich bisher noch nicht entschieden hatte, lud mich dann aber doch ein, bei ihr zu übernachten. Ihre Eltern hätten nichts dagegen, seien günstigerweise bis mindestens halb eins in der Oper, wir hätten also eine ganze Weile sturmfrei. Sie kicherte kurz, als sie das sagte. Es war klar, auf was die Sache hinauslief.

Wobei, so ganz klar war mir nicht, was mich unter Julias karmesinroter Bettdecke erwartete. Ich will's nicht schlechtreden, nicht nur sie war perfekt, sie sorgte auch dafür, dass ich ne echte Höchstleistung ablieferte. Dabei war sicherlich hilfreich, dass sie mich in einige Stellungen aus dem Kamasutra wie die »schwimmenden Fische« oder »den weißen Tiger« faltete. Aber innerlich ließ es mich völlig kalt.

Während ihre Eltern unten die Haustür aufsperrten (perfektes Timing) gab es für uns ein Glas Toskana-Weißwein auf der Bettkante. Sie ließ mich aus ihrem Glas trinken, schmiegte sich an mich und stellte die Zauberfrage: »Liebst du mich?«

Wieder wurde ich unbarmherzig an Hannah erinnert. Genauso wie Hannah, als ich sie fragte, ob wir zusammen sind, kamen auch mir spontan die richtigen Ausreden: »Wenn das mit uns so ernst wird, bedeutet das: Heiraten, Familie, Kinder. Nicht jetzt, aber irgendwann. Aber das Committment steht. So bist du, das weiß ich. Und das ist auch völlig okay. Aber so weit bin ich noch lange nicht. Das weiß ich auch.«

Julia nahm einen Schluck Wein. Ich befürchtete bereits, sie sei wütend, aber sie sagte: »Ich auch nicht.« Sie tippte mir leicht auf die Nase.

»Hätte gar nicht gedacht, dass du so vernünftig bist. Lass uns nach dem Urlaub nochmal reden.« Sie lachte. »Wenn ich dich dann noch will.«

Danach zog sie sich ein paar Sportklamotten über und eröffnete, sie gehe nach unten, in den elterlichen Fitnessraum, zum Workout. »Kommst du mit?«

»Was, jetzt? Im Ernst?«

Es war kurz vor zwei Uhr morgens und ich war von den ganzen Tigern und Fischen ziemlich fertig.

Julia grinste und kniff mir in den Hintern: »Hast dich wohl n bisschen überanstrengt.«

Als sie nach zwanzig Minuten noch nicht zurück war, ging ich nach Hause. Mit Julia zu schlafen war wie Leistungssport. Ich mag Sport, aber zusammen schlafen muss anders sein. So wie mit Hannah.

18

Am nächsten Samstag war es soweit. Mike hatte der Mur ihre Wanderung zugesagt und ihr versprochen, dass ich mitgehe. Da war kein Entkommen mehr möglich. Sowas hatten wir nicht mehr gemacht, seitdem ich zehn Jahre alt war und mich mitten in den Bergen geweigert hatte, auch nur noch einen Schritt weiterzugehen, weil mir die Füße tierisch weh taten. Als ich am darauffolgenden Wochenende die Mur strahlend um Erlaubnis bat, mit Tim und seinen Eltern in die Berge zu fahren, hatte sie sich geschworen, nie mehr mit mir zu wandern. Aber jetzt wollte sie offenbar einen neuen Versuch starten. Also zogen wir zu dritt los.

Natürlich musste Mike mir meine Kindheitswanderstory nochmal in allen Einzelheiten reindrücken, obwohl er gar nicht dabei war damals, sondern mit unserem Dad bei irgend nem Nachwuchsfußballspiel für Sondersuperbegabte. Eigentlich war es diesmal gar keine richtige Wanderung, eher ein megalanger Spaziergang auf einer Landzunge. Links von uns floss die Isar und rechts der Kanal, und man hätte sich mal wieder komplett über das schöne Sommerwetter freuen können, wenn man nicht gewusst hätte, dass daran die Klimaerwärmung schuld ist – aber wir freuten uns trotzdem. Es war schon lange her, dass wir was zusammen gemacht hatten, außer den gelegentlichen Mittagessen beim Fischtyp, wo Mike sich immer den besten Platz am Küchentisch sicherte und ich an der heißen Heizung sitzen musste. Er war auch heute wieder ganz der große Bruder, drosch mit einem Stock auf jedes Grashälmchen ein, das sich über unseren Weg neigte und versuchte an einem Steg, mich ins Wasser zu werfen (zumindest tat er so), aber insgesamt war es ein schöner Pfad, beinahe wie durch einen Urwald, nur dass er noch viel schöner gewesen wäre, wenn Hannah dabei gewesen wäre.

Irgendwann gabelte sich der Weg und Mike schlug eine Abkürzung vor, aber die Mur wollte genau so gehen, wie es ihr auf Google Maps angezeigt wurde, weil am Ende des Wegs laut ihrem Wanderbuch eine Brücke war, über die wir in ganz kurzer Zeit unser Auto wieder erreichen konnten.

Ich bin nicht so der Naturfreak, aber das Ende der Landzunge bot einen Blick auf die Isar, die hier wieder zusammenfloss, und ihre Wellen, die sich im goldenen Nachmittagslicht spiegelten, entlockten sogar Mike den Ausruf: »Nice!«

Das war es auch, bis auf die Tatsache, dass weit und breit keine Brücke zu sehen war. Die Mur beteuerte zehn Mal, in ihrem Wanderführer gelesen zu haben, dass da eine Brücke sei und außerdem lägen die Ufer bei Google Maps so dicht beieinander, dass sie geglaubt habe, da sei eine Landverbindung – der Rest ihrer Entschuldigungen ging in Mikes Urschei unter. Und natürlich richtete er ihn nicht gegen die Mur, sondern gegen mich: »Maannn! Wieso hast du nicht auf das Handy von der Mur geguckt?!«

Das fand ich jetzt echt ungerecht.

»Die Mur hat gesagt, sie kennt den Weg.«

»Du weißt doch genau, dass die Mur nix checkt!!«

Mike riss der Mur das Handy aus der Hand und fuchtelte wild damit vor meiner Nase herum.

»Hier sieht man glasklar, dass die Ufer sich nicht berühren und von einer Brücke sieht man nullkommanull!«

»Ja, aber der Wanderführer …«

»… ist wahrscheinlich von 1850!«

Mikes Blick richtete sich auf die gegenüberliegende Sandbank. Es war nicht weit, vielleicht zwanzig Meter, aber der Fluss sah ziemlich reißend aus und im hinteren Teil auch tief. Mike riss sich trotzdem entschlossen die Turnschuhe von den Füßen. Die Mur begriff, was er vorhatte und hielt ihn am Arm fest.

»Wenn du weggerissen wirst und ertrinkst –!«

»Dann ertrink ich halt, aber ich lauf nicht wieder fünf Stunden zurück!!«

Die Mur verbot Mike nachdrücklich, durch den Fluss zu laufen. Ich war ganz froh, weil, wenn er's gemacht hätte, hätte ich's auch machen müssen um nicht als Feigling dazustehen, und das wär voll die Challenge gewesen, weil die Strömung sah ziemlich beunruhigend aus. Die Mur brachte das schlagende Argument: Sie habe die Autoschlüssel und sie werde auf keinen Fall durch den Fluss waten. Mike würde also beim Auto vier Stunden auf sie warten müssen.

»Fünf!!«

Aber nach einem letzten Blick auf die schäumenden Wellen zog er seine Turnschuhe wieder an. Fluchte unendlich, weil Sand in seinen Strümpfen war. Die Mur beugte sich zu ihm und säuberte seine Socken. So ist sie, unsere Mur. Ich fühlte, wie mich eine Riesenwelle Zärtlichkeit durchflutete. Sowas checkt die Mur sofort.

»Was ist los mit dir? Komm, so schlimm wird der Rückweg nicht.« Sie nahm meine Hand und zog mich hinter sich her durchs Gesträuch. »Ich hätte ja Hannah gefragt…« »Nee«, unterbrach ich hastig. »Das wär keine so gute Idee.«

»Der ganze Ausflug war eine Scheißidee!«

Mike pflügte an uns vorbei und drosch noch heftiger als bisher auf einige Zweige ein.

»Ich geh jetzt voraus, weil wenn wir uns nochmal verlaufen, bleib ich sitzen und verdurste, ich schwör's!!«

Mir war klar, dass die Mur längst Bescheid

wusste, aber es von mir hören wollte. Immer, wenn ich über sowas total Intimes reden soll, baut sich vor mir ne Wand auf.

»Was soll ich drüber quatschen«, sagte ich patziger als ich eigentlich wollte. »Weiß doch sowieso jeder hier Bescheid. Hat's Mike dir erzählt?«

Die Mur lächelte sanft.

»Musste er nicht.«

Das glaubte ich ihr sogar. Die Mur weiß zwar nicht, wie ein Handy funktioniert, oder Google Maps, aber solche Sachen checkt sie gespenstisch gut.

Sie drückte kurz meine Hand.

»Das war bestimmt hart.«

»Das weißt du doch nicht!« Trotzig blickte ich sie an. »Du hast Dad verlassen, nicht er dich! Du bist überhaupt noch nie verlassen worden. Du hast keine Ahnung, wie das ist!«

»Es stimmt, ich hab sowas selbst noch nicht erlebt. Aber ich sehe natürlich bei deinem Vater, wie sehr einen sowas trifft.«

Ich wollte sie eigentlich schon immer fragen, aber dann dachte ich, das ist Sache der Olden, da halt ich mich raus, aber jetzt konnte ich nicht mehr anders.

»Warum hast du's dann getan?«

»Die Gefühle waren weg. Schon lange, bevor ich gegangen bin. Sowas passiert häufig, wenn man lange zusammen ist. Da hat nie einer Schuld, sondern immer beide, und manchmal hat vielleicht keiner Schuld und es passiert einfach.«

Aber das bedeute auf keinen Fall, dass mein Dad jetzt für sie ein weniger wertvoller Mensch sei. Ihr neuer Freund (der Fischtyp) sei einfach anders, mit besser oder schlechter habe das nichts zu tun, das solle ich nie vergessen.

»Das find ich schon.«

Ich hielt gerade noch meine Hand vors Gesicht, als einer von den von Mike weggehauenen Zweigen zurückschnellte und mir fast ins Gesicht geschlagen hätte. »Hannah hat mich betrogen, und das war scheiße. Sieht sie übrigens auch so.«

Die Mur rutschte kurz auf einer glatten Wurzel weg, ging weiter.

»Das war sicher nicht schön von ihr. Da gibt's nur zwei Möglichkeiten: Entweder du sagst, mir ist egal warum, aus, Ende, oder die Gründe sind dir nicht egal. Dann musst du dich mit ihnen auseinandersetzen.«

»Muss ich überhaupt nicht.«

Oh Mann, die Wanderung wurde jetzt immer anstrengender, lauter so halsbrecherische Wurzeln, die mir beim Hinweg gar nicht aufgefallen waren, und dann wurde es auch noch dunkel. Aber einfach nur stumm neben der Mur hertappen ging auch nicht.

»Sie hat mir erzählt, dass sie psychische Probleme hat. Sie macht ne Therapie.«

»Bedeutet sie dir deshalb weniger?«

»Nein, Quatsch, aber …«

Ich rutschte erneut über eine Wurzel, wäre beinahe den Abhang runter in die Isar. Die Mur hielt mich fest.

»Du musst keine Angst haben.«

Gereizt machte ich mich los.

»Hab ich nicht.«

Die Mur lächelte unmerklich. »Ich gelte nicht als psychisch krank und habe trotzdem deinen Vater verlassen. Es kann immer was passieren.«

»Ich weiß. Aber so wie's gelaufen ist … sie ist unberechenbar.«

»Das ganze Leben ist unberechenbar.«

Ich wollte heftig widersprechen. Das Leben war für mich bisher nicht unberechenbar gewesen. Aber es stimmte, so jemand wie Hannah konnte man nicht berechnen. Und vielleicht war das gut so. Die Mur ging jetzt vor mir, leuchtete mit ihrer Handy-Taschenlampe den Weg aus. Mike tobte vor uns wie ein Elefant durchs Gestrüpp.

»Will sie denn noch mit dir zusammen sein?«

Wollte sie? Wieso hatte sie ihrer Freundin sonst ihre WG-Nummer für mich gegeben? Vielleicht wollte sie auch nur mit mir reden, weil ihre Therapeuten das wollten. Mit alten Dingen abschließen undso.

»Ja. Nein. Vielleicht. Aber alle haben mir abgeraten.«

Sie blieb stehen und drehte sich zu mir um.

»Du musst es wissen. Niemand sonst.«

»Oh Maaann, ich weiß aber gar nichts!«

»Was sagt dein Bauchgefühl?«

»Ich hab Hunger.«

Sie lächelte kurz, drückte mir ihr Handy mit den altmodischen Kabelkopfhörern in die Hand. Natürlich hatte sie immer noch keine mit Bluetooth.

»Hör dir das mal an. Du verstehst den Text bestimmt sofort.«

Es war einer von ihren Steinzeitsongs, die ich schon oft mit halbem Ohr gehört hatte. Die Gitarrenmusik war mir zu chaotisch, aber der Text gefiel mir: Bold as Love. Mutig wie die Liebe.

Ich begriff, was die Mur meinte: Liebe bedeutete, Vertrauen zu haben, mutig zu sein. Das Risiko einzugehen, dass man enttäuscht wurde. Und da kam eben doch wieder Mathe ins Spiel: Ich musste mir darüber klar werden, wieviel Prozent Risiko ich eingehen wollte, um soundsoviel Prozent Glück abzukriegen. Natürlich war das eine Gleichung mit vielen Unbekannten.

Ich musste rausfinden, ob ich »bold« genug war.

Jedenfalls reichte unser Mut, gemeinsam den Rückweg zu finden, nachdem ich für Mike, der in der Dunkelheit in das Loch von einem Fuchsbau getreten war und sich den Knöchel verstaucht hatte, auch noch eine Krücke für den Rückweg improvisiert hatte.

Ich hatte auf jeden Fall viereinhalb Stunden Zeit, um mir zu überlegen, ob ich Hannah wirklich verzeihen konnte. Nach ungefähr zwei Stunden stellte ich fest, dass ich das längst gemacht hatte. Es war und blieb schlimm, was sie getan hatte, und ich würde das nie vergessen, aber das war gut so, denn so würde mir immer klar sein, dass Hannah mir das Risiko wert war. Bold as Love!

19

Ich brauchte dann allerdings noch viel mehr Mut, um den drohenden Toskanaurlaub abzusagen. Ich weiß, viele hätten gesagt, »bist du bescheuert, Digga, nimm die zwei Wochen Luxus einfach mit«, aber ich fühlte sehr deutlich, dass es für mich das absolute Gefängnis werden würde, wie für den Panther von Rilke, nur dass meine Gitterstäbe aus Zedernholz und Marmorsäulen bestünden. Zum Mutigsein gehörte natürlich, dass ich Julia anrief und nicht einfach ne WhatsApp schickte. Es fiel mir schwer, aber nach drei Tagen Entscheidungsschwäche zog ich es durch. Julia konnte es zunächst nicht glauben, »dass jemand wie ich« die »mega Chance«, mit ihr zusammen zu sein, in den Wind schoss. Das wiederum brachte meinen Puls auf Touren. »Was heißt, jemand wie ich? Weil meine Eltern weniger Kohle haben als deine?«

»Trennungen scheinen bei euch in der Familie zu liegen«, erwiderte sie kühl. »Aber das ist nicht mehr mein Problem.«

Ich starrte auf mein Display, als könnten dort irgendwelche Geheimnisse verborgen liegen, aber es war alles ganz klar und einfach: Ich hatte mit Julia Schluss gemacht und sie hatte versucht, es so zu drehen, als hätte sie mit mir Schluss gemacht. Es überraschte mich ein wenig, wie leicht es mir fiel, ihr nach der ersten Wut diese Genugtuung zu lassen.

Viel schwieriger war mein nächster Anruf. Ich wusste nicht viel über therapeutische WGs, aber mir war klar, dass man da nicht eben mal so reinplatzen kann. Was sollte ich machen, wenn irgend so n Psychodrache mich gleich am Telefon abwimmelte? Oder mir sagte, dass ich Hannah frühestens in nem halben Jahr anrufen könne? Ich hatte von so Entzugskliniken gehört, wo sich die Leute die Haare abschneiden mussten und ihre Musik nicht mehr hören durften. Als ich mir Hannah mit Kurzhaarfrisur vorzustellen versuchte, musste ich mir eingestehen, dass ich nur nach der 1001ten Ausrede suchte, um nicht dort anrufen zu müssen. Ich ging in mein Zimmer, setzte mich gegenüber von Miro Klose, holte mehrmals tief Luft und wählte die Nummer. Die Frauenstimme am anderen Ende der Leitung war jung und freundlich. Natürlich könne ich Hannah sprechen. Ich hörte ihre Stimme.

»Ja?«

Es klang beinahe etwas unfreundlich und ich fragte mich sofort, ob der Anruf nicht eine Scheißidee gewesen war.

»Ich bin's, Nick.«

»Ich weiß.«

Wahrscheinlich war es doch zu spät und Hannah war in ihrer Therapie draufgekommen, dass ich nicht gut für sie war. Oder sie hatte sich in ihren Therapeuten verknallt. Oder …

»Übermorgen ist von 16 bis 18 Uhr Besuchszeit.«

»Willst du denn, dass ich komme?«

»Das musst du wissen, Nick.«

Ganz allein schaffte ich es nicht. Mike musste mich bis zur Tür begleiten. Sein Knöchel war halb so schlimm, aber ich denke, er wär auch auf Krücken mitgegangen. Ein dreistöckiges Haus aus rotem Klinker mit weißen Fenstern. Ich blieb vor dem Eingang stehen.

»Sieht eigentlich ziemlich normal aus.«

»Was dachtest du denn? Dass sie hinter ner Gefängnismauer mit Stacheldraht lebt?«

»Nein, aber …«

Vielleicht wollte sie ja einfach nur mit mir reden. Vielleicht wollte ich ja gar nicht wirklich … Bullshit! Wenn ich jetzt läutete, bedeutete das, dass ich bereit sein musste, Verantwortung zu übernehmen. Auch oder gerade, wenn es Hannah mal schlecht ging. Und dass ich aushalten musste, erneut enttäuscht zu werden. Plötzlich verließ mich jeder Mut, als hätte jemand den Stöpsel aus meinem Herz gezogen. Mike schlug mir leicht gegen den Bauch.

»Digga, du machst das.«

»Ich weiß nicht.«

»Ich schon.« Er zwinkerte. »Meinst du, ich bin ganz umsonst mit dir hierher gelatscht?«

Ehe ich mich in weiteren Bedenken verlieren konnte, machte er auf dem Absatz kehrt und humpelte entspannt die Straße hinunter. Ich läutete.

Die Stufen in den ersten Stock knarrten kein bisschen. Hannah stand in der offenen Tür und es gab mir einen Stich ins Herz, der den Rest von meinem Mut abgelassen hätte, wenn da noch welcher gewesen wäre.

»Soll ich die Schuhe ausziehen?«

»Nein, passt schon. Komm rein.«

Sie sah wieder besser aus, ihre Bewegungen waren beinahe so selbstsicher wie früher. Nur als sie mir eine Tasse Tee einschenkte, zitterte kurz ihre Hand. Vielleicht hatte sie deswegen immer so viel Fußball trainiert und spielte so gut, weil sie gehofft hatte, durch Körperbeherrschung irgendwann auch ihre Gedanken zu beherrschen.

»Mir geht's schon viel besser«, sagte sie, als hätte sie meine Gedanken erraten. »Ich hab ein wenig aufgeräumt, hier drin.« Sie legte sich die Hand auf die Brust. »Ein paar schwarze Löcher geflickt.«

Ich suchte nach Worten.

»Und was ist das genau ... schwarze Löcher?«
Idiotische Frage. »Ich meine, bei dir?« Noch
idiotischer. Hannah lächelte freundlich.

»Die Ärzte nennen es depressive Neurose. Du
bist völlig antriebslos. Manchmal konnte ich erst
nachmittags aufstehen. Ich, die Flankenköni-
gin, hatte Lähmungserscheinungen. Deswegen
war ich einige Zeit in der Psychiatrie. Hab Medi-
kamente bekommen. Die kann ich jetzt langsam
wieder absetzen.«

Ich nahm einen Schluck Tee. Irgendeine
Fruchtmischung. Ich versuchte, nicht das Gesicht
zu verziehen. Sie tat es für mich und lachte.

»Ich freu mich auch schon drauf, wieder Bierpong zu spielen. Aber das dauert noch ne Weile.«

Im Eingang der Tür waren zwei Mädchen-
gesichter aufgetaucht, ungefähr in Hannahs Alter. Sie musterten mich beinahe erstaunt, wie
einen Fremden, einen Eindringling und ver-
schwanden wieder. Ich fühlte mich trotzdem be-
obachtet. Hannah nahm meine Hand.

»Lass uns in den Garten gehen.«

Der Garten war klein und sah aus wie aus
einer anderen Zeit. Zaunlatten mit abgeblätterter
Farbe, verwilderte Blumenbeete, ein paar Bäume
schossen ungebremst in den Himmel. Nur der
Rasen war kurz gemäht.

Hannah hielt immer noch meine Hand, aber
sie spürte wohl, wie wenig Kraft in meiner war
und ließ los. Ich hatte das Gefühl, vor einem Berg

zu stehen, der viel zu steil und hoch für mich war.

»Wie lange musst du noch hierbleiben?«, fragte ich, um überhaupt etwas zu sagen.

»Das weiß ich nicht.«

Auch sie suchte offensichtlich nach Worten.

»Ich hab gehört, du bist jetzt mit Julia zusammen.«

»Nicht mehr.«

Ihre Augen begannen jeden Winkel in mir auszuleuchten.

»Warum nicht? Sie soll sehr nett sein. Und sehr hübsch.«

»Sie ist perfekt. Ich bin's nicht.«

»Ich auch nicht.«

»Passt doch.«

Jetzt sah sie mich direkt an.

»Nick, ich hab nicht nur ein paar kleine Macken, ich bin krank. Und ich werd's wahrscheinlich mein Leben lang sein.«

Natürlich hatte ich das bereits geahnt, aber ich fand's unglaublich mutig von Hannah, das so direkt auszusprechen. Es war der Moment, wo etwas ganz stark in mir sagte: Trotzdem! Ich versuchte ein Lächeln.

»Wenigstens müssen wir keine Angst haben, dass es zu schön wird, die nächste Zeit.«

Ihr Blick wurde sanft und weich, wie eine Welle nach einem Sturm, die langsam ans Ufer gleitet. Hannah umarmte mich fest.

»Ich find's wunderschön, dass du gekommen bist. Ich versprech dir…«

Ich hielt sie ganz fest und spürte, wie jeder von uns zitterte, und aus diesem Zittern ein gemeinsames Zittern wurde.

»Versprich einfach gar nichts.«

»Doch.« Sie lehnte sich ein Stück zurück. »Ich versprech dir, ich werd dich nie mehr bescheißen. Außer beim Fußball!«

Sie fischte einen billigen Plastikball unter einem Strauch hervor. An seiner Hülle klebte noch etwas Gras. Sie warf ihn vor sich auf den Rasen und dribbelte auf mich zu. Ein, zwei Übersteiger, sie ging links vorbei, ich hatte keine Chance, rutschte weg und lag im Gras.

»Komm, steh auf«, lachte sie. »Ich hab extra für dich den Rasen gemäht.«

»Ohne Scheiß?«

»Nein, das war der Hausmeister. Aber ich hab das Gras in die Biotonne gekippt.«

Sie dribbelte erneut auf mich zu, wollte mir den Ball durch die Beine spielen, doch dieses eine Mal war ich schnell genug. Ich stoppte den Ball.

»Neuer Versuch.«

Wir sahen uns an. Sehr lange.

»Ernsthaft?«

Ich chippte ihr den Ball zu.

»Ganz ernsthaft.«

Sie dribbelte erneut auf mich zu, drehte sich um die eigene Achse, spielte den Ball mit dem

Rücken zu mir über meinen Kopf und wollte vorbei. Ich foulte. Hielt sie mit beiden Armen fest.

»Rote Karte«, sagte sie und küsste mich.

Und, muss es noch gesagt werden? Ja, es muss gesagt werden. In Zeiten, in denen sonst alles megaunsicher ist, kann man es gar nicht laut genug sagen: Wir sind jetzt zusammen! Ohne Probezeit. Safe!

ENDE

NEU!

Thor und der Gott des Feuers

»Eine spannende Dystopie mit mythischer Tiefe«

Deutschland nach der atomaren Apokalypse.

Keiner kennt die Wurzeln von Cee – er scheint ein Findelkind zu sein. Von klein auf ist er ausgesprochen mutig und freiheitsliebend, was ihn zum geborenen Anführer macht.

Deshalb ist er es auch, der die Mitglieder der Bikergang Thor zum ersten Mal seit Jahrzehnten aus dem Bunker führt. Doch in einer Zeit, in der zahllose rivalisierende Banden mit Strahlung, Nahrungsknappheit und zerschlagenen Hierarchien kämpfen, hat jeder Anführer eine Herkulesaufgabe vor sich.

Der scheinbar unverwundbare Gladiatoreskrieger Zeno fühlt sich all dem aber mehr als gewachsen. Er versteht sich als Sohn eines neuen Gottes und versucht mit seinem Feuerkult die zerstreuten, elendszermürbten aber dennoch kampflustigen Banden zu einen.

Dazu sucht er rätselhafterweise immer wieder die Nähe zu seinem größten Gegner: Cee. Um Thor auf seine Seite zu ziehen, braucht Zeno jedoch eines mehr als alles andere: Cees Jugendliebe Eve. Die rebellische Ärztin weiß sich zwischen Krieg und Gewalt jedoch sehr gut selbst zu behaupten – besser als so manch anderer, dem diese futuristische Welt, die langsam aber stetig ins Mittelalter abdriftet, zu schaffen macht.

Ein nordischer Mythos in einer postapokalyptischen Zukunft.

Diese Science-Fiction Dystopie könnte aktueller nicht sein!

NEU!

Stalingrad

Eine Neuauflage mit Originalbriefen aus dem Zweiten Weltkrieg

Stalingrad: Die vielleicht schrecklichste, monströseste, grausamste Schlacht der Weltgeschichte. Zwei Millionen Tote, Verwundete, Vermisste auf beiden Seiten. Von ca. 500.000 Einwohnern lebten Ende 1942 nur noch 1515 in Stalingrad.

Hinter den Zahlen verbergen sich furchtbare Einzelschicksale, jedes ein Universum an Leid und Schmerz. Genau solchen individuellen Geschichten aus dem Schlachthaus Stalingrad hat Christoph Fromm bereits 2013, in seinem erfolgreichen Historienroman, »Stalingrad – Die Einsamkeit vor dem Sterben« Raum geboten. Daraus resultierte ein erschütterndes Portrait, das mehr mitnimmt und bewegt, als jede Statistik, Zahl oder Dokumentation es könnte.

Anlässlich des 80-igsten Jahrestages der Kapitulation der 6. Armee in Stalingrad hat sich der Autor erneut mit dem Thema Stalingrad beschäftigt. Im exklusiven Vorwort dieser Neuauflage zieht Fromm erschreckende Parallelen zur Gegenwart und veröffentlicht einen wichtigen Teil seiner Recherchegrundlage – Originalbriefe seiner Mutter an ihren Verlobten, einen Soldaten an der Front.

Christoph Fromms erneuter Blick in die Vergangenheit könnte aktueller nicht sein und wird mit Sicherheit auch alteingesessene »Stalingrad« Leser*innen neu überraschen!

NEU!

Rabenstarke Märchen mit Gottfried, dem Turboraben

Das beliebteste Kinderbuch des Primero Verlags

Wenn die Bremer Stadtmusikanten Knast-Hühner befreien, Aschenputtel ein Weitsprung-Turnier gewinnt und Schneewittchen zum frechen Turboraben mutiert, dann hat sich Gottfried in die Welt der Grimm'schen Märchen eingeschlichen!

Der Primero-Kinderbuchstar mit dem Turbodüsenmotor stellt nicht nur das Leben seiner allerbesten Freunde, den geflüchteten Geschwistern Enno und Kira, gehörig auf den Kopf, sondern mischt alte Fabeln mit aktuellen, wichtigen Themen auf.

Die Moral unserer bekanntesten Märchen mal ganz anders erzählt!